# KLAUS FUNKE · DIE POETEN

---

Sonderausgabe Oktober 2018
© by Klaus Funke
Herstellung & Druck: BoD, Norderstedt
Titelgrafik: Börne-Grafik
Lektorat: E. Gutfried, Radebeul
ISBN: 9783748107552

# KLAUS FUNKE · DIE POETEN

---

Der Autor:
Klaus Funke, geboren in Dresden, ist ein erfolgreicher Autor bekannter Romane (Zeit für Unsterblichkeit – Der Teufel in Dresden – Die Geistesbrüder – u.a.) Mit den vorliegenden Erzählungen setzt Funke eine satirische Tradition fort, die er schon 2004 mit der Novelle Kammermusik sehr erfolgreich begonnen hatte.

Klaus Funke

# DIE POETEN

**Der Totschweiger**
**Der Festakt**

zwei Erzählungen

*Meinem Freunde Thomas Bernhard*

**Der Totschweiger**

In meinem Leben bin ich sonst kaum, ich glaube nur ein oder zwei Mal, in die Dresdner Piniengasse gekommen. Die Piniengasse ist eigentlich gar keine selbstständige Straße, sondern eher ein Plattenweg zwischen älteren Neubauten. Aber an jenem Tag trieb mich eine zwingende Macht dorthin und ich bin auf der Piniengasse dann hin und her gelaufen, fünfzig Schritte hin und fünfzig Schritte her, denn länger ist die Piniengasse nicht. Diese Strecke ablaufend, überlegte ich in den ersten Minuten, dass es wirklich ein seltsamer Zufall gewesen sei, weshalb ich jetzt in der Piniengasse auf und nieder ginge, denn eigentlich hatte ich an jenem Tag in den Lindenweg gewollt und nicht in die Piniengasse. Noch am Morgen hatte ich zu mir gesagt, dass ich heute in den Lindenweg gehen müsse, denn im Lindenweg lag das Haus meines Bruders und mit dem wollte ich zusammentreffen. Warum ich dann aber, aus dem Haus tretend, nach links und nicht nach rechts, wie ich hätte gehen müssen, wenn ich tatsächlich in den Lindenweg gewollt hätte, gegangen bin, kann ich nicht sagen; denn wäre ich nach rechts gegangen, wäre ich unfehlbar im Lindenweg angekommen. Der rechte Weg führt zum Lindenweg, dachte ich, der linke aber in die Piniengasse. Ich ging also nach links und bin in der Piniengasse angekommen, wo ich jetzt, wie ich feststelle, hin und her laufe.

Immer auf und nieder laufend, ging ich also nun auf dieser Piniengasse und mit jedem Schritt wuchs, als ob ich mich beim Laufen wie ein Spielzeugsoldat auflüde, meine Entschlossenheit, solange hin und her zu gehen, bis ich *ihn* treffen würde. Denn auf einmal wusste ich, warum ich die Piniengasse dem Lindenweg vorgezogen hatte. Ich wusste, *er* wohnte in der Piniengasse, *er* hatte wie ein Fuchs seinen Bau dort, einen Bau mit mindestens zwei Ausgängen, denn die Häuser haben ja auch immer einen Hinterausgang, er wohnte in der Piniengasse und sein Name war Ruprecht Schwarz. Ja, wie einen Fuchs, dachte ich, einen Fuchs, der aus seinem Bau entweicht, wollte ich ihn stellen. Ruprecht Schwarz, ein ehemaliger Lehrer für Heimatkunde und Werken, hatte vor Jahren dem Schuldienst entsagt, um sich fortan seiner Leidenschaft, der Dichtkunst, freischaffend zu widmen. Aber, wer kann schon vom Dichten leben, ich meine vom Verseschmieden – niemand. Auch Ruprecht Schwarz nicht, also trieb er auch anderes, und dieses andere wurde schließlich seine Hauptarbeit – er schrieb Zeitungsartikel, Rezensionen, nannte sich Herausgeber, und er saß, immer in der Hoffnung dabei etwas abzubekommen, in den verschiedensten *Fördermittelvergabegremien*. Er hockte da und spielte den Wichtigtuer, denn, er war unter Tauben, wie der Volksmund sagt, der Schwerhörige. Er verstand ja ein wenig vom Dichten und Schreiben und die Gremien, in denen er, saugend und zapfend, einer Blattlaus ähnlich, saß, befassten sich mit der Förderung der Dichtkunst im Land. So saß er unter Beamten und Journalisten, unter heutigen Funktionären und ehemaligen Funktionsträgern, welche immer noch oder schon wieder benötigt, anwesend waren und er wurde die geachtete Kapazität. Aber, während er so saß und seine Zeit dahinging, sah er, andere Dichter und Schreiber ringsum veröffentlichten Texte, Buch und Text in wachsender Zahl, und manches darunter war von Wert. Darum grämte sich Ruprecht Schwarz. Und er sann auf Rache. Wie könnte er es denen heimzahlen, dachte er, die frei und scheinbar sorglos ihre Texte schrieben und manchmal einen kleinen Erfolg hatten. Er, Ruprecht Schwarz, hatte sein letztes Gedicht vor dreizehn Jahren geschrieben. Da war er noch im Schuldienst gewesen. Zu dieser Zeit hatte ich ihn kennen gelernt. Durch einen Buchhändler war ich auf ihn aufmerksam gemacht worden. Schwarz übe neben seinen anderen Tätigkeiten, so wurde mir gesagt, als geringfügig Beschäftigter, wie zu sagen ist, das Amt eines Lektors in einem kleinen Verlag aus. Der Verlag hieß „Die Tenne", ein seltsamer Name, aber Schwarz sagte mir, als wir das erste Mal darüber redeten, dass dieser Name durchaus seine hintersinnige Bedeutung habe, denn „Tenne" sei ein Platz, wo die Bauern ihr Stroh dreschen und auch lagern würden; was also, so Schwarz, sei angebrachter, einen kleinen Verlag „Die Tenne" zu nennen, würde doch damit gesagt, dass an diesem Ort, der Tenne nämlich, jeder sein „Stroh" dreschen dürfe und es, wenn es ausgedroschen sei, auch lagern könne, kein kleiner Verlag hätte einen treffenderen Namen und niemand vergäße ihn so leicht, denn „Die Tenne" kenne ein jeder, jeder habe in seinem Leben schon mal eine Tenne gesehen, jeder habe auf einer Tenne gestanden und das leer gedroschene Stroh gesehen, im Verlag „Die Tenne" nun läge kein Stroh, aber dafür die Bücher von zumeist unbekannten Autoren, die froh sein könnten auf der „Tenne" zu liegen, denn in Wahrheit sei das meiste der Bücher des Verlages tatsächliches leeres literarisches Stroh, was von niemandem gebraucht würde und allenfalls, wie das wirkliche Stroh, alsbald als Heizmaterial diene. So sprach damals der Lektor Schwarz zu mir, und ich hätte, wenn ich einen kritischen und keinen literarischen Verstand besessen hätte, damals bereits erkennen müssen, dass ein Mensch, der so über seine literarischen Kollegen redet, einer wäre, der auf dieser Tenne den Dreschflegel bediene, der auf die Literatur eindresche, sie von allem Wertvollen befreie, also ein mit Vorsicht zu genießender, gefährlicher Mann sei. Aber ich erkannte ihn nicht. Ich hatte ihn, wie ich sagte, in einer Dresdner Buchhandlung kennen gelernt, wo er seine damals schon mehr oder weniger bekannte Literaturzeitschrift „Die Ohren" auslegte. „Die Ohren" sollte eine Anspielung auf die Zeitung Schillers „Die Horen" sein, wie Schwarz überhaupt ein Mann feinster, aber auch gröberer Anspielungen war. Während ich, in jenem Buchladen stehend, im Gespräch mit dem Buchhändler gewesen war, schoss Schwarz mit einem Packen seiner „Ohren"-Hefte an mir vorbei und verteilte sie wieselflink in den unteren Auslagen des Ladens, in dem er, sich offenbar bestens auskennend, hin und her huschte, immer wieder in den unteren Regalen andere Zeitschriften beiseite legend, seine „Ohren" hinlegte. Das geschah, wie ich mich jetzt auf der Piniengasse erinnerte, wortlos und erst als er alle seine „Ohren" ausgelegt hatte, trat er zu uns und griff ohne weitere Umstände in unser Gespräch ein, indem er in seiner hastigen, ungeheuer schnellen Redeweise, dem Buchhändler gegenüber, von Händlerischem, seine „Ohren" betreffend sprach. Mich hatte er nur mit einem flüchtigen Nicken oder eigentlich einem Hin und Her seiner mausgrauen Augen begrüßt, und erst als der Buchhändler mich, eine Pause in Schwarzens Rede abwartend, vorgestellt hatte, sprach Schwarz auch mich an, doch diese Ansprache war eher ein ruckweises Reden, etwa, indem er hervorstieß: Ach so – Schriftsteller – aha – sehr gut! Und, ehe ich noch ein weiteres Wort sagen konnte, war Schwarz mit einem „Na, denn!" aus dem Laden verschwunden, es geschah mit einer derartigen Schnelligkeit, wie ich noch nie jemals jemandem einen Buchladen verlassen sah. Schwarz hat mir später, auf diese Begegnung angesprochen, gesagt, dass er eine sogenannte „Buchladenphobie" habe, die ihm Würgereize, Brechreiz und Ängste beschere, und er könne deshalb niemals auch nur länger als zwei Minuten in einem Buchladen sein; Bücher überhaupt, so Schwarz, wären für ihn eine Bedrohung, er fühle sich von Büchern persönlich bedroht, und nur, indem er selber sich mit Büchern befasse, diese schreibe und herausgebe und vor allem, sie lektorierend durchsehe, könne er dieser Phobie entgegen wirken, so wie Johann Wolfgang ja seine bekannte Höhenangst dadurch überwunden habe, indem er den Frankfurter Dom bis zur Spitze bestiegen habe. Dies also war meine erste Begegnung mit Schwarz und sie fand im Gulm-Notteckchen Buchladen statt, einer Buchhandlung, abseits jeden Kundenverkehrs, in einer abgelegenen Seitenstraße der Dresdner Neustadt, und im Gulm-Notteckchen Buchladen habe ich Schwarz, wie ich jetzt auf der Piniengasse denke, niemals wieder getroffen.

    Ich traf ihn das nächste Mal zu einer Lesung im Dresdner Literaturclub, der in der ehemaligen Villa des einstigen Dresdner Schriftstellers Carl M. Ratewald untergebracht war und der von dort aus der Dresdner Literaturszene mehr oder weniger aus dem Wege ging, man wollte seine Ruhe und die Fördergelder, die man erhielt, sinnwahrend, wie gesagt wurde, ausgeben oder besser anlegen, in einer Anlage also, welche ein Puppenstubenmuseum für den Dichter Carl M. Ratewald war, jener große deutsche Dichter also, der zu Lebzeiten, wie überliefert, einer der größten Sammler Deutscher Puppenstuben gewesen war. Der Literaturclub besaß aus dem Nachlass des Dichters allein 24 solcher Puppenstuben. Ab und zu veranstaltete der Literaturclub auch Lesungen. Schwarz, als Moderator für die Lesung, so wie er häufig, meist ausschließlich des Geldes wegen, Lesungen moderierte, stand, als ich im Literaturclub ankam, mit einigen anderen, mir unbekannten Leuten, allesamt Schriftstellern wie sich herausstellte, bekannten und unbekannten, großen und kleinen, sowie ganz kleinen, beisammen und diskutierte in seiner hastigen Sprechweise, ganze Silben verschluckend, häufig in Metaphern und Andeutungen verfallend, mit ihnen. Als er mich sah, nickte er flüchtig. Ich zahlte das Eintrittsgeld und suchte einen Platz, was nicht schwer war, denn nur wenige der schwarzen Plastikstühle waren jetzt, drei Minuten vor Beginn der Lesung, besetzt. In einer Ecke des Raumes, oder besser in einem offen angrenzenden Nebenraum sah ich meinen Buchhändler, der auf einem ausklappbaren Tapeziertisch die neuesten Bücher der Autorin, die heute lesen sollte, ausgebreitet hatte. Wie immer lächelte er, kaum dass er einen möglichen Käufer erspäht hatte, und begann an den hingelegten Büchern herumzurücken sowie seine Handkasse auf- und zu zuklappen, so als müsse er sich überzeugen, dass sie kahl und leer war wie der Handkoffer eines soeben Ausgeraubten. Also lächelte er, als er meiner ansichtig wurde, doch ich lächelte nur zurück und setzte mich, was sollte ich schon kaufen. Die Autorin, welche heute lesen sollte und für die Ruprecht Schwarz die Moderation übernommen hatte, saß bereits am sogenannten Autorentisch, blätterte in ihren Manuskripten (sie hatte mehrere mitgebracht), setzte ihre Brille auf und ab und suchte zwischendurch mit den Augen Ruprecht Schwarz, der, immer noch mit den Kollegen schwatzend, am Rande stand. Endlich kam der mit kleinen hastigen Schritten zum Autorentisch, gab der Autorin die Hand, und setzte sich. Es war der sogenannte kleine Autorentisch, an dem nun die Beiden saßen; es gab, wie ich später erfuhr, auch noch den großen Autorentisch, der tatsächlich repräsentativer, ausladender und von erheblicher Länge und Breite immer dann bereit gestellt wurde, wenn bedeutende und bekannte Autoren zu Gast waren. So konnte der erfahrene Lesungsbesucher schon am Tisch erkennen, welchen Rang der eingeladene

Schriftsteller im Literaturbetrieb der Stadt, des Landes, der Welt, einnahm. Wie ich finde, eine nachahmenswerte Methode. Ruprecht Schwarz und seine Autorin saßen also, wie ich auf der Piniengasse dachte, damals am kleinen Autorentisch, und es war auch wirklich eine weithin unbekannte Dichterin, die da in schwarzem Rollkragenpulli, mit breiter Perlenkette auf der Brust und mit winzigen Mausaugen hinter der gewaltigen Hornbrille, welche womöglich mehrere Dutzend Dioptrin hatte, neben Schwarz saß. Die in Wahrheit also halbblinde Dichterin, sie hieß Gertrud Karsoffke, ein Name, der von derart alltäglicher Gewöhnlichkeit war, dass man ihn unbedingt sofort vergessen muss, und ein Name, der für eine Dichterin von geradezu entwürdigender Vulgarität ist, dass ich mit einiger Spannung erwartete, was Ruprecht Schwarz sagen würde, vor allem wie er den Dichternamen aussprechen würde, mit welcher Betonung er das Wort „Karsoffke" sagen würde, er, der ja ein Meister der Anspielungen war und bis heute geblieben ist. Doch Schwarz, der listige, kleine Fuchs umging die Namensnennung und sagte nur, dass er sich freue, die "Gertrud" hier begrüßen zu können, und er ging sofort dazu über, das dichterische Werk jener Gertrud zu würdigen. Obwohl ich niemals in meinem Leben etwas von dieser Gertrud Karsoffke gelesen, ja noch nicht einmal gehört hatte, und ich, wie ich jetzt denke, nach dieser Lesung auch niemals etwas von ihr lesen würde, obwohl also diese Dichterin, die in ihrem vierzigjährigem Dichterleben nichts anders als japanische Haikus gedichtet hatte, obwohl also diese etwas dickliche, mit roten Pusteln im Gesicht wie geschändet wirkende Dame, sie mochte die Sechzig erreicht haben, von allen unbekannten Dichtern unseres schönen Heimatlandes sicherlich mit einigem Recht die unbekannteste gewesen ist, sprach Ruprecht

Schwarz über diese Dichterin und ihr Werk, als säße neben ihm Ingeborg Bachmann. Er flötete und tönte, er zitierte und warf mit Aphorismen um sich wie ein Zirkusartist mit seinen bunten Bällen, dabei geschah das in seiner unerhört schnellen Sprechweise und indem er manchmal Sätze nicht zu Ende sprach, sozusagen dem Zuhörer überlassend, den Gedanken fortzusetzen, fortwährend schaute er zur Tür, ob nicht noch einer käme, denn der Raum war mit zehn oder zwölf Gästen nur dünn besetzt, oder er drehte beim Sprechen an seiner Taschenuhr, die er vor sich auf den kleinen Autorentisch gelegt hatte. Nach Schwarzens langer, ja überlanger Einleitung, die mindestens eine halbe Stunde andauerte, und in der natürlich kein weiterer nachzügelnder Zuhörer kam, begann dann die Dichterin aus ihrem Werk zu lesen. Auf der Piniengasse vor dem Haus des Ruprecht Schwarz hin und her gehend, versuchte ich mir vergeblich ins Gedächtnis zu rufen, was die Dichterin Gertrud Karsoffke damals, von der ich bis heute glaube, dass sie nur wegen ihres Namens so unbekannt und hoffnungslos erfolglos geblieben ist, und natürlich auch wegen ihrer japanischen Dreizeiler, die man, wenn man zehn oder elf davon gehört hat, nur noch voller Widerwillen hören kann, so wie man unmöglich mehr als zehn oder zwölf kleine sogenannte Sandtaler essen kann, ohne fürchterliche Magenkrämpfe zu bekommen, ich versuchte mich also zu erinnern, was diese Gertrud damals im Literaturclub an der Seite von Ruprecht Schwarz eigentlich gelesen hatte, ich meine welche Inhalte, Verse, Worte mir im Gedächtnis geblieben wären, und mir wollte nichts einfallen, dafür aber war mir Schwarzens Gesicht im Gedächtnis geblieben, weil ich mir vorstellte, wie Schwarz mit verschiedenen Hüten aussehen würde, denn mir war, während meiner Schwarzschen Gesichtsbetrachtung noch eingefallen, dass ich ihn zwei Tage vor dieser Lesung auf der Straße getroffen hatte. Er trug da eine schwarze Baskenmütze, die sein an sich rundes Gesicht nur noch runder aussehen ließ und ich sagte zu ihm, während wir an einer Ampelkreuzung auf „grün" warteten, dass ihm eine breitkrempiger Hut sicherlich besser stünde. Wenn Sie sich angewöhnen würden, hatte ich gesagt, einen solchen breitkrempigen Hut zu tragen wie ich ihn trage, sei das vorteilhaft, worauf Schwarz mir mit bissigem Gesicht geantwortet hatte, dass mir eine schwarze Baskenmütze, so wie er sie trüge, viel besser stünde, und, fügte er mit einem Blick auf meine Bekleidung hinzu, wäre es im Übrigen besser für mich, wenn ich gestrickte Fäustlinge trüge so wie er und nicht etwa Fingerhandschuhe, welche zudem oft löcherig wären, wie er zwar nicht an mir, dafür aber an anderen Fingerhandschuhträgern häufiger bemerkt hätte. Ich antworte, indem ich auf seine Baskenmütze, die er ein wenig schief trug und die oben in der Mitte einen kleinen Zipfel hatte, zeigte, ich an Ihrer Stelle würde keine schwarze Mütze tragen, sondern allenfalls eine braune, worauf er, auf meinen breitkrempigen Hut deutend entgegnete, dass er sich eine graue Farbe bei meinem breitkrempigen Hut viel besser vorstellen könnte, als die gegenwärtige hellbraune, aber, wie er schon gesagt habe sei er der Meinung, dass eine Baskenmütze das Beste für mich wäre, Baskenmützen, sagte er, gäben einem ein intelligentes Aussehen, egal, wer eine solche Mütze trüge, er würde automatisch zu den Intelligenzlern gezählt, ja sogar unter die Künstler und Schriftsteller, denn die halbe Künstlerschaft der Stadt trüge Baskenmützen, während breitkrempige Hüte nur von Personen getragen würden, die sich den Anschein von Vermögen oder Extrovertiertheit gäben, in Wahrheit aber ganz obskuren Schichten zugerechnet werden müssten. Dieses Kopfbedeckungsgespräch ging noch eine Weile weiter, die Ampel schaltete, ich weiß nicht warum, nicht auf „Grün" und erst nach langen Minuten erlöste uns das „Grün" von weiteren Bemerkungen über unsere wechselseitigen Kopfbedeckungen. An dieses Gespräch dachte ich während der Lesung, auf der Piniengasse laufend, ich sah im Geiste den Schwarzkopf immer wieder mit dieser Baskenmütze, mal mit, mal ohne Zipfel, und in verschiedenen Farben. Blau, dachte ich, stünde ihm am besten. Aber von blauen Baskenmützen hatte ich ihm nichts gesagt, dachte ich. Und so ging es fort, denn nichts anderes, als an die Baskenmütze von Ruprecht Schwarz, konnte ich während der Lesung denken, dachte ich auf der Piniengasse, und dass ich nur diesen Mützengedanken gehabt hatte, belastete mich. Womöglich, dachte ich, wäre ich kein Dichter, weil ich nur an die Mütze des Ruprecht Schwarz dachte. Wer an Kopfbedeckungen während einer Lesung denkt, kann unmöglich ein Dichter sein, sagte ich mir. Nachdem Gertrud Karsofflke ungefähr dreiundfünfzig ihrer Dreizeiler vorgelesen hatte, unterbrach Schwarz die Dichterin und sagte, dass wir uns freuten, wenn sie nun noch die letzten siebenundvierzig Gedichte läse, dann wären es Hundert, gerade die richtige Zahl für eine solche Lesung. Ich sah mich um, von den zwölf Zuhörern waren neun gegangen, nur noch zwei ältere Damen, die eingeschlummert schienen, saßen im Raum. „Gertrud" las weiter. Eine Folter für mich, der ich ja in die Lesung gekommen war, weil ich Schwarz eines meiner Manuskripte mitgebracht hatte. Ich wollte meinen ersten Text auf der „Tenne" herausbringen und Schwarz, der stadtbekannte Förderer unbekannter Dichter, sollte mir helfen. Nur noch siebenundvierzig Karsoffke-Haikus, dachte ich, siebenundvierzig Dreizeiler lang musste ich warten, ehe der ersehnte Augenblick kommen würde. Nun, da ich auf diesen Augenblick warten musste, nämlich, dass die Lesung zu Ende ginge, kamen mir aber auch zugleich die Zweifel an der eigenen Dichtung. Während die Dreizeiler, einer über den anderen, zu einem Turm von unüberblickbarer Höhe von der Dichterin Karsoffke aufgeschichtet wurden, dachte ich an meinen Absturz, einen Sturz, dem gar kein Aufstieg voran gegangen war; gleichzeitig verwarf ich meine Zweifel als sogenannte einfache und unzulässige Frage. Wenn wir uns aber, wie Schwarz mir später sagte, dachte ich jetzt auf der Piniengasse, als Dichter gar nicht einfache und unzulässige Fragen stellen dürften, so hätte ich mir also, dachte ich jetzt, während der Lesung keine solche einfache und unzulässige Frage stellen dürfen, nämlich, wie ich nur dazu gekommen wäre, in diese verdammte, kein Ende nehmende Lesung dieser Dreizeilendichterin zu gehen, wozu nicht die geringste Veranlassung bestanden hätte, denn es hätte ja Tausende Möglichkeiten gegeben, dem Schwarz meinen Text zu übergeben, oder, wie ich auf dem Plastikstuhl im Literaturclub gedacht hatte, dem Schwarz überhaupt keinen Text zu geben, was vielleicht das beste gewesen wäre, denn dann wäre die Katastrophe des Schwarzchen Lektorats gar nicht passiert, und ich würde auch jetzt nicht auf der Piniengasse hin- und herlaufen müssen, um den Schwarz abzupassen, wie einen Schulkameraden aus der Parallelklasse, mit dem man eine Prügelei anfangen will. Ja, dachte ich, so hätte ich auf dem Plastikstuhl geschwankt, zwischen dem Entschluss, den Text dem Schwarz zu geben oder dem Schwarz den Text zu verweigern, Textabgabe oder Textverweigerung, immer wieder Textabgabe und Textverweigerung. Dennoch dachte ich jetzt, dass wir, weil wir uns nichts fragen dürfen, wie Schwarz gesagt hatte, ebenso nicht sagen dürfen, alles sei eine Selbstverständlichkeit, ein sogenannter Automatismus. Ich hätte ja meinen Text zurückhalten können. Doch ich konnte ihn nicht zurückhalten, ich hatte an diesem Abend eine Textzurückhalteschwäche, eine Inkontinenz der Zurückhaltung, sehnsüchtig wartete ich auf das Ende der Lesung, um dem Schwarz meinen Text zu geben. Obwohl ich ihn, wie ich jetzt auf der Piniengasse denke, hätte unbedingt zurückhalten müssen, gab ich dem Schwarz meinen Text, so wie der Schwarz meinen Text annahm, ja annehmen musste, denn bei ihm war es eine Sucht, Texte anzunehmen, er war süchtig nach fremden Texten, weil er, kaum saß er über einem fremden Text, seine Lust nach der Zerstörung, der Zertrümmerung, nach der Vernichtung fremder Gedanken befriedigen konnte. Doch, als ich dem Schwarz meinen Text in einem Anfall willenloser Textverweigerungsschwäche übergab, wusste ich nichts von dieser Lust, im Gegenteil, ich lachte dabei und war voller froher Gedanken, endlich meinen Text dem stadtbekannten „Literaturentdecker" unbekannter Autoren zu überreichen, wir scherzten noch und ich sah, was mich damals, wie ich jetzt denke, nicht überraschte, wie Schwarz meinen Text mit gierigen Händen und Augen, wie zu sagen wäre, an sich raffte, wie er seine Augen beim ersten Aufblättern in die Seiten bohrte, und wie das eine um das andere Mal diese Schwarzchen Augen aufblitzten, denn sie hatten, was ich nicht wissen konnte, schon bei diesem ersten Überfliegen meiner Textseiten die Schwächen, die falschen Wörter, die unbeholfene Satzstellung, die ungenügende Interpunktion erspäht. Während ich damals erleichtert und froh nach Hause ging, ging Schwarz an diesem Abend in der Gewissheit nach Hause, es wieder einem geben zu können, wieder einen Neuling unter die Botmäßigkeit seiner Korrekturen zwingen zu können, wieder einen Dichtertod herbeizuführen. Was ich nicht wissen konnte, war, dass Schwarz durch sein Lektorat im vergangenen Jahr den jungen Steinböck in den Tod getrieben hatte. Erst, nachdem ich mit Schwarz in den schrecklichen Streit wegen meines Textes geraten war, hatte ich davon erfahren. Schwarz hatte den jungen Steinböck ganz bewusst in den Tod getrieben, sowie er alle jungen erfolgversprechenden literarischen Köpfe in den Tod wünschte, wie er Dutzende von jungen Dichtern durch sein Verschweigen in Todesgefahr brachte. Es war eine Eigentümlichkeit von Schwarz, erfolgversprechende Dichter, nachdem er sie entdeckt hatte, totzuschweigen, kaum hatte er einen erfolgversprechenden, talentierten Dichter entdeckt, schwieg er ihn tot. Totschweigen war Schwarz´ Rache an den literarischen Talenten, die er selber ausgrub. Er hasste jedes literarische Talent wie er die Bücher hasste, wie er in Wahrheit die ganze Literatur nicht ausstehen konnte. Er galt als der Entdecker und war in Wahrheit der Totschweiger. Er war der Salieri unserer Literaturszene und saß am Totenbett der jungen Literaten und über sein Gesicht ging dabei jenes Leuchten, das ich im Literaturclub nach der Lesung bei ihm gesehen hatte, als er meine Texte annahm. Bei dem jungen Steinböck war es ihm gelungen, ihn solange totzuschweigen, bis der sich umgebracht hatte. Der Tod, dachte ich, der Tod und Schwarz bilden eine Einheit, wenn man die Schönheit der Dichtkunst, die Verzückung, in die man beim Schreiben geraten kann, mit der Gemeinheit des Totschweigens durch Schwarz  aufrechnet, kann einem sensiblen Menschen, wie dem jungen Steinböck, schon der Selbstmord einfallen. Freilich hätte der junge Steinböck die Stadt und das Land und den Einfluss des Schwarz verlassen können, aber dazu fehlte es dem jungen Steinböck an der Kraft, Steinböck hat sich umbringen müssen, weil er dem

Schwarz ausgeliefert war, dachte ich, immer hat Steinböck fortgewollt, aber er hat nicht fortgekonnt, wenn er fortwollte, konnte er nicht fort, weil er gedacht hat, dass er vielleicht doch nicht totgeschwiegen würde, dass Schwarz ihn am Leben ließe, indem er ihn nicht totschwieg. Aber Schwarz hat den jungen Steinböck eisern, wie gesagt werden muss, totgeschwiegen, und so musste sich dieser schließlich umbringen, er wollte fort, konnte nicht fort und musste sich umbringen. Das ist die Wahrheit. Wer Schwarz nicht entrinnen konnte und von ihm totgeschwiegen wurde, dem blieb, wenn er sensibel war, nur der Tod, dachte ich. Gott sei dank bin ich ihm, bevor er mich totschweigen konnte, in den Arm gefallen, nur auf diese Weise rettete ich mich vor dem Totschweigen, indem ich ihm, nach seinem Lektorat in den Arm fiel. „Schwarz vor Augen" wurde für mich zu einer Bedrohungsszenerie, wie ich dies niemals für möglich gehalten hätte. Seine „Ohren" waren sein Totschweigeorgan, mit den „Ohren" hat er die meisten erfolgversprechenden Dichter totgeschwiegen, auch mich hätte er mit seinen „Ohren" totgeschwiegen, wenn ich ihm nicht vorher, wie zu sagen ist, in den Arm gefallen wäre. In seinen „Ohren" kamen nur die Ungefährlichen, die Talentlosesten oder die weit Entfernten zu Wort, wer Talent hatte und erfolgversprechend war, kam nicht in seine „Ohren" – seine „Ohren" waren eine sogenannte talentfreie Zone, wer in den „Ohren" zu Wort kam, hatte kein Talent. Mich hat Schwarz mit einem Achtzeiler in seine „Ohren" aufgenommen – da wusste ich, dass ich kein Talent hätte, aber ich wusste gleichzeitig, dass ich gerettet wäre, errettet vor der Gefahr des Totschweigens. In die „Ohren" kam ich, nachdem ich Schwarz in den Arm gefallen war, ich fiel ihm in den Arm und kam sofort in seine „Ohren", was meine Rettung war. Doch, diese Rettung, das wusste ich nicht, war nur eine vorläufige, denn Schwarz hatte noch eine weitere Methode zur Autorenvernichtung, welche er mit satanischer Freude betrieb.

Schwarz ging also mit meinem Text unter dem Arm an jenem Leseabend nach Hause. Noch in der Nacht vergrub er sich in das Manuskript und schon eine Woche später erhielt ich von ihm ein Päckchen, worin die von ihm lektorierten Blätter lagen. Wie der gefesselte Gulliver lag mein Text vor mir, denn das Päckchen war mit unzähligen Schnüren umwickelt, festverschnürt, wie zu sagen ist, und ich brauchte tatsächlich Minuten um ihn zu befreien. Dann lagen die Blätter vor mir, doch ich erschrak, denn hatte ich dem Lektor Ruprecht Schwarz ein nach der Norm gedrucktes Manuskript, 30 Zeilen, 60 Anschläge, gedruckt in 12 pt Garamond, vorgelegt, bekam ich jetzt einen Stapel unordentlichen Papiers zurück; aus der Heftung gerissen, die Seiten nicht mehr der Reihe nach, Eselsohren, Kaffeeflecken, Tintenkleckse, sogar ein fettiger Daumenabdruck waren noch Kleinigkeiten, denn ich entdeckte mit Schrecken wie sich Schwarz an dem weißen unschuldigen Papier ausgetobt, wie er sich an meinem Text, einem Vergewaltiger gleich, vergangen hatte. Überall Anmerkungen, Durchstreichungen, Randnotizen, wütend, bissig, zynisch, unflätig, wie in einem Anfall von Tobsucht. Schon mit dem Titelblatt begann es: Ich hatte meinen Text „eine Novelle" untertitelt, aber schon das Wort „Novelle" schien Schwarzens Zorn erregt zu haben, mit der zittrigen Schrift einer offenbar mühsam beherrschten Hand stand darunter, heute schriebe niemand mehr Novellen, wer Novellen schriebe, der sei ein Gestriger, nur Gestrige schrieben noch Novellen, eine Novelle zu schreiben wäre eine sozusagen nach rückwärts gerichtete Tat, eine Tat der literarischen Vergangenheit; doch wer, wie ich, so Schwarz, noch keine Zukunft habe, könne unmöglich auch eine Vergangenheit haben, ich hätte (noch) keine Zukunft, schrieb Schwarz, also hätte ich auch keine Vergangenheit; Vergangenheit und Zukunft gehörten zusammen, so Schwarz, und wer Novellen schriebe, hätte sozusagen eine Vergangenheit ohne Zukunft, er lebe eigentlich gar nicht, ein solcher Novellenschreiber gehöre totgeschwiegen. Da also las ich es das erste Mal, Schwarz auf Weiß, mit von Schwarz geschriebener Handschrift auf meinem weißen Papier, dieses Wort vom Totschweigen, und ich spürte den eisigen Hauch seines Totschweigens aus meinen Blättern zu mir aufsteigen. Auch an dem Titel selber hatte Schwarz kritisiert und mit Randnotizen angemerkt, wie sehr ihm dieser missfiel. Er fände, hatte er geschrieben und sagte es mir am nächsten Tag, als wir uns trafen persönlich, den Titel „Der Unbekannte" unangebracht, ob ich mich selber damit meine, oder ob ich gleich von Anfang an den Leser in die Irre führen wolle, sei nicht auszumachen, jedenfalls könne der Titel „Der Unbekannte" keinesfalls bestehen bleiben, einen solchen Titel habe er bei einem unbekannten Autor noch niemals gefunden, er, der Titel, sei die typische Überheblichkeit des Unbekannten, eines Unbekannten Überheblichkeit, das literarische Muskelspiel eines Autors von meinem Kaliber, ob ich mich mit Camus messen wolle, so Schwarz, denn es falle einem sogleich Camus´ Roman „Der Fremde" ein, oder ob ich Maupassants „Die Unbekannte" übertreffen wolle, ob ich sozusagen zu diesem ein Gegenstück anbieten wolle; wer sein erstes Buch „Der Unbekannte" nenne, schrieb Schwarz, sei von einer gefährlichen Autorenhybris befallen, er, so Schwarz, wolle mir im Gegenteil den Titel „Der Tastende" vorschlagen. Dies entspreche viel eher meinem Buch und zeuge von Bescheidenheit und Rücksichtnahme. Immer, so Schwarz, versuchten die jungen und jüngeren Autoren, in ihren Stoffen und der Titelwahl auf das Höchste hinauszugehen, immer wollten sie gleich das Höchste und ganz nach oben, sich mit den Größten der Größten messen, und das zeige sich eben in der Titelwahl ihrer Erstlinge. Groß müsse es sein und gewaltig, unübersehbar, einer nenne sein erstes Buch beispielsweise „Sternenflug", ein anderer „Der Turm" wieder ein anderer „Über den Wolken" und so fort, dabei gilt es unten anzufangen, in den Niederungen sozusagen. Warum finde man Titel wie „Das Erdloch" oder „Unter den Wurzeln", vielleicht auch „Meine Anfänge" so selten? Neuerdings greife einer weitere Seuche um sich, ereiferte sich Schwarz, einige von diesen neuen Schreibern, die von sich dächten, sie seien Autoren, bedienten sich zunehmend der Anglizismen, mischten also in einen deutschen und damit deutschsprachigen Roman schon im Titel englische Worte und Begriffe, so wie jüngst geschehen mit dem Text einer Oberschülerin, die ihr Buch *„Slippery newt – the Roadlover"* genannt hatte. Später habe sich herausgestellt, den Text habe ihr Vater, ein subalterner teilinvalidisierter Theaterinspizient der dritten Reihe in seinen Arbeitspausen hinter der Bühne geschrieben, es dem pubertierenden Töchterchen untergeschoben, die dann, darauf sitzend, wie sie im Text ergänzte, ihren ersten Analorgasmus bekommen habe. Ja, sagte Schwarz, so werde heute Literatur gemacht, mit dem Allerwertesten und irgendwelchen Analdrüsen und deshalb könne er seiner Literaturdesinfektion, wie er es nennen müsse, nicht mehr widerstehen, er müsse die Literatur reinigen wie ein Toilettenmann. Darauf lachte er und verabschiedete sich. Ich sah ihm nach und mit fiel sein unnatürlicher, beinahe abnormer Gang auf. Und wie ich ihm nachsah, bedachte ich das ganze Schwarzsche Denken. Alles, was er mir in der letzten Zeit gesagt und geschrieben hatte, fiel mir ein. Sein Denken, seine ganze Geisteshaltung, manifestiert sich, in dem wie er geht, dachte ich. Dieses Humpelnde und zugleich Sichere im Auftreten, dieses Schleudern der Arme und das Werfen des Kopfes. Wie er mit dem linken Fuß nach außen trat, während er mit dem rechten „über den Onkel", wie wir sagen, stolperte, wie er das rechte Knie ganz durchbog und das linke, einem Radfahrer gleich, anhob, all das sah derart komisch zugleich aber auch einmalig und faszinierend aus, dass ich glaubte, sein ganzes Denken, seine geistige Haltung habe sich bei ihm in das Gehen gelegt, nach außen also, um der Welt zu zeigen, hier läuft einer, der anders ist und der es darauf anlegt anders zu erscheinen. Wie schon Thomas Bernhard festgestellt hatte, so dachte auch ich jetzt: Die Wissenschaft des Gehens und die Wissenschaft des Denkens sind im Grunde eine einzige, zusammen gehörige Wissenschaft. Wie geht dieser Mensch und wie denkt er. Kann man also, überlegte ich, dem kleiner werdenden, meinen Blicken entschwindenden Schwarz nachschauend, wenn ich einem Davongehenden hinterher blicke, darauf schließen, wie und was er denkt. Ich glaubte sofort, während ich noch immer in die gleiche Richtung blickte, diese Frage wäre unzulässig. Und der große Bernhard habe sich mit seiner Feststellung einen Scherz gemacht. Denn, wie oft sehen wir Menschen auf der Straße und wir denken: Wie nachlässig dieser Mensch geht, und wir können dann natürlich niemals ableiten, dass dieser Mensch auch nachlässig denkt, so wie wir, wenn wir einen Menschen beim nachlässigen Denken ertappen, ihm unterstellen können, dass er ebenso nachlässig geht. Nein, hier irrte der große Österreicher oder er wollte uns foppen, was ich viel eher vermute. Trotzdem, Schwarz ging in seinem eigentümlichen Gang die Straße hinab, schließlich entschwand er meinen Blicken ...

Doch jetzt auf der Piniengasse hin und hergehend überlegte ich, wenn Schwarz jetzt aus seiner Wohnung käme und auf die Straße träte, dann würde er, so dachte ich, bestimmt wieder seinen eigentümlichen Gang anschlagen, und mir fielen, allein durch sein Gehen, all seine seltsamen Worte und Wertungen, auch solche, die mein Buch betrafen, wieder ein, mit denen er beim letzten Zusammentreffen davongegangen war. Also stieg mein Zorn und meine Schritte bekamen einen harten, entschlossenen Klang. In diesem Augenblick, ich hatte gerade auf meiner Pinienstraßenwanderung eine abrupte Kehrtwendung gemacht und näherte mich dem Schwarz´schen Hauseingang, öffnete sich die Schwarz´sche Haustür, die mit einem blinkenden Messingschild, darauf die Hausnummer 10 geziert war - und heraustrat, mit seinem kurzsichtigen blinzelnden Lächeln, die rötliche, leicht nach oben gewölbte Nase in die Morgensonne gereckt, niemand anders als Ruprecht Schwarz. Keinen Meter hinter ihm folgte ein weiterer Mann aus dem Haus, offenbar sein Gast, ich sah die leicht gebeugte bärtige Gestalt des Lars Freudenthaler, und wusste Freudenthaler, ein dem Schwarz in naiver Anhänglichkeit verpflichteter städtischer Dichter, hatte den Morgen, vielleicht sogar die Nacht, bei seinem Freunde verbracht. Die Beiden hockten häufig zusammen, brüteten und schrieben, lasen öffentlich in beinahe allen Bibliotheken und Vorstadtcafés, sofern sie dafür von der Stadt nur irgendeine Förderung, selbst wenn sie noch so winzig wäre, bekamen. Es wurde gemunkelt, zuletzt hätten sie für eine Tasse Kaffe und ein Stück sächsischer Eierschecke gelesen. Man sah sie häufiger zusammen als einzeln; wie ein Dichterpaar traten sie auf, wo einer ohne den anderen nicht auskommt. Mancher nannte sie schon Orest und Pylades, andere, dreistere, sagten hinter der vorgehaltenen Hand: Schaut dort laufen Herrmann und Dorothea! Sie hatten eine ganze Reihe Bücher gemeinsam herausgegeben. Seit zehn Jahren fast in jedem Jahr eines. Alles in allem aber mehr oder weniger sogenannte Heimatliteratur. Welche Dichter, Musiker, Maler, stadtbekannte Persönlichkeiten zu welchen Zeiten in welchen Häusern gewohnt hatten, wann sie dort ausgezogen und warum, wann sie und wo gestorben waren, alles hatten die beiden mit wahrem Insektenfleiß zusammengetragen, auch nachträgliche Hofnachrichten - welche sächsischen Könige, Königinnen, Prinzen und Minister mit welchem Zitat zu verewigen und wo früher Straßenzüge und Bürgerhäuser zu verorten gewesen wären. Und dergleichen mehr. Eine unübersehbare Zahl kleiner und kleinster Büchlein, bunt und hübsch aufgemacht, aber eben literarisch ohne Wert und anspruchslos, für Andenkenverkäufer und fliegende Händler, Touristenbasare, Bahnhofsbuchhandlungen und Zeitungsläden. Indes, es verkaufte sich alles in allem gut, denn die Schar der Stadtbesucher und Touristen reißt nimmer ab. Dies war also Schwarzens niedere literarische Arbeit, die er des Broterwerbs wegen, neben seiner anderen und hochanspruchsvollen ausübte. Vielleicht brauchte er deswegen den Freudenthaler, dem jedes Schreiben flüssig von der Hand ging, und der heute einen Roman und morgen eine Wanderroute für den Sächsischen Heimatfreund schrieb. Ohne viel zu fragen schrieb und schrieb er und hatte es in zehn Jahren schon auf mehr als zwei Dutzend Veröffentlichungen gebracht.

Ich zählte also auf der Pinienstraße die Schritte, bis ich auf die Beiden aufprallen würde, wie gesagt wird, dazu senkte ich den Kopf und ging los. Schon spürte ich ihre Nähe, gleich, dachte ich, werde es geschehen, dass

Schwarz vor mir steht wie aus der Erde aufragend, seit Stunden hatte ich mich auf diesen Aufprall gefreut, ich wollte meine Auseinandersetzung mit ihm mit diesem Aufprall beginnen, sozusagen einen Gewaltakt ausführen, ihn körperlich spüren, meinen Feind, wie in einem mittelalterlichen Zweikampf, doch der Aufprall erfolgte nicht, stattdessen hörte ich Schwarz, wie er zu Freudenthaler sagte, ist das nicht der Malef, warum läuft er hier herum, hält den Kopf wie ein Stier gesenkt und sagt nicht einmal „Guten Morgen!" – dann waren sie, einen Bogen machend, an mir vorbei. Ich blieb stehen, rief „Hallo Ruprecht Schwarz, gut, dass ich Sie treffe!" – auch Schwarz und mit ihm Freudenthaler blieben stehen. Sie wendeten mir ihre Gesichter zu und, statt Schwarz, öffnete Freudenthaler den Mund, um mir zu antworten. Er sagte: Was wollen Sie von Ruprecht? Schwarz sagt, dass er erwartet habe, dass Sie sich offiziell anmelden, wenn Sie ihn sprechen wollen, so wie sich das gehört. Sie kennen die Devise, nur ein angemeldetes Gespräch sei ein gutes Gespräch, inoffizielle und spontane Gespräche bergen Unkonzentration und Spontanität. Und sind daher abzulehnen. Mir fiel auf, wie mir schon bei anderer Gelegenheit aufgefallen war, dass Freudenthaler immer Schwarz zitierte, für ihn sprach, ohne ausdrücklich darauf aufmerksam zu machen, dass er Schwarz zitiert oder für ihn das Wort ergreift. Oft sagte Freudenthaler mehrere von Schwarzens Sätzen oder Gedanken, oder er dachte, und dies mit lauter Stimme, Schwarzens Gedanken, ohne ausdrücklich zu sagen, das, was er jetzt sagt, sei von Schwarz oder das, was er jetzt denke, sei ein Gedanke von Schwarz. Im Grunde, dachte ich vor den Beiden stehend, im Grunde ist alles, was Freudenthaler sagt, Schwarzsches Gedankengut. Der fortwährende Gebrauch solcher Begriffe wie „Textverifizierung" oder „Gedichtsmetaphorik" oder auch Adjektive wie „katastrophal" oder Begriffe wie „suspekte lyrische Versanhäufung" selbst kleine und kleinste Wendungen und Füllwörter, auch Redewendungen am Telefon wie z.B. *„Ja? Franz, ich höre?"* sind auf Schwarz zurückzuführen. Mit Ruprecht Schwarz bin ich, sagte Freudenthaler beispielsweise in fast jedem Gespräch, wenn man ihn darauf ansprach, am *Pohlandplatz* aufgewachsen, und beide haben wir gewusst, was es heißt am *Pohlandplatz* aufzuwachsen und dort zwischen den Haselnuss- und Schleedornsträuchern, den alten Abbruchziegeln und verkohlten Holzresten Verstecken zu spielen und in den nächsten Häusern ringsum zu wohnen, unsere ganze Kindheit und Jugend anfangs mit Ruinen, später mit Baulärm aufwachsend haben wir in der Nähe des *Pohlandplatzes* verbracht, und dieses Leben am und auf dem *Pohlandplatz* ist in jede unserer späteren Handlungen, in unser ganzes Bewusstsein eingedrungen, und es ist, während wir miteinander gearbeitet und nebeneinander auf der Straße gegangen sind, während wir unsere Familien begründet, geheiratet und Väter geworden sind, immer unser Begleiter gewesen, der *Pohlandplatz* ist und bleibt das Zentrum unseres Lebens, ohne den *Pohlandplatz* gäbe es uns nicht, wir sind die typischen *Pohlandplätzler*, und bleiben es unser ganzes Leben lang. Wenn man dereinst den *Pohlandplatz* einebnete oder umgestaltete, wegschöbe oder vollkommen bebaute, wir stürben daran. Der Sand und die Erde des *Pohlandplatzes* ist unsere Muttererde. Jeder haben wir mehrere Dosen mit dieser Erde wie der Graf Dracula seine rumänische Heimaterde aufbewahrt haben soll zu Hause auf unseren Schränken stehen. Aber es ist noch etwas anderes, sagte Freudenthaler: Schwarz ist damals immer mein Anführer gewesen und auch jetzt laufe ich hinter ihm her, als sei er mein Schrittmacher. Ich brauche seine Nähe, muss seinen Atem spüren und seine Worte hören. Schwarzens Aussprache ist die artikulierteste, sein Denken ist das korrekteste, Schwarzens Charakter der gefestigtere. Solche Charaktere gäbe es heutzutage gar nicht mehr, sagte Freudenthaler. Charaktere wie der Schwarzsche sind eine absolute Seltenheit, so Freudenthaler, allerdings habe er in letzter Zeit häufiger, besonders wenn man mit ihm allein sei, gewisse Ermüdungserscheinungen in und an Schwarzens Körper festgestellt. Der Schwarzsche Körper verfalle zusehends. Das zeige sich an Kleinigkeiten wie bestimmten Allergien und Anfälligkeiten. Niemand anders erkranke so häufig hintereinander beispielsweise an Nessenfieber wie Schwarz. Dann verfärbe sich die Schwarzsche Haut an den Gelenken tiefschwarz. Schwarz werde schwarz wie man ihn sich nicht schwärzer denken könne. Andererseits gäbe es Phasen von beinahe genialischer Aktivität seines Kopfes, die einem Angst machten. Dann habe er Halluzinationen, zitiere Homer und Voltaire aus dem Kopf, spreche in Versen wie Byron. Während sein Körper mit der Zeit immer hinfälliger und schwächer geworden sei und kaum noch dem winzigsten Virenangriff standhalte, würde sein Geist, zumindest phasenweise, von einer geradezu wahnsinnigen Aktivität ergriffen. Wie die griechische Pythia sitze er dann auf seinem Küchenstuhl, verdrehe die Augen und gebe ein Orakel nach dem anderen von sich. Kürzlich habe er in solchem Anfall gesagt, wenn Urs Redfeld noch einen Roman schreibe, werde er einen großen Dichter, nämlich sich selbst, vom Thron stoßen, so wie Kyros, als er die persischen Grenzen überschritten habe, sein eigenes Reich zerstörte. Das alles mache ihm Angst, flüsterte Freudenthaler, und deshalb habe er beschlossen Schwarz vorläufig Tag und Nacht nicht von der Seite zu weichen.

An diese Redensarten und Aussprüche dachte ich, während mir Freudenthaler auf der Piniengasse die wenigen Worte zurief, und ich beobachtete Schwarz, wie er neben Freudenthaler in einer vollkommen verspannten, ja beinahe krummen Körperhaltung gestanden hat. Und mir fiel ein, wie Freudenthaler davon gesprochen hatte, dass Schwarz, sobald er mehr als 2 Bücher von jungen und unbekannten Autoren gelesen habe, wie z.B. auch von Ihnen, sagte Freudenthaler und seine Augen verdunkelten sich, denn er meinte mich und meine „Unbekannte", dann schwöllen ihm die Gelenke derart an, dass er über Stunden und manchmal Tage gehunfähig werde, bei 4 Büchern verschlimmere sich sein Zustand so, dass er aus dem Bett nicht mehr herauskäme, Gelenkschwellungen und Buchlesen gehörten bei ihm zusammen wie Herzrasen zum Kaffeetrinken oder Kuchenessen und Sodbrennen. Ja, Schwarz sei ein todkranker Mann und seine Unrast, die Literatur betreffend, habe damit zu tun, dass er glaube, seine Lebenszeit verrinne ihm sozusagen zwischen den Buchseiten. Deshalb auch wirke er, als sei er ständig auf der Flucht und man könne mit ihm in kein vernünftiges längeres Gespräch kommen, ein gehetzterer Menschen wie Schwarz ist kaum denkbar, hatte Freudenthaler gesagt, und ich pflichtete ihm bei, denn ich sah Schwarz wie er durch die Buchläden eilte, über Plätze und Straßen huschte, nach Lesungen eiligst verschwand und mit einer Geschwindigkeit beispielsweise in sein Auto stieg, dass es fast an Hexerei grenzte. Diese Tatsache des Gehetztseins sei die Wahrheit, dachte ich, denn Leute wie dieser Schwarz, lassen einen einfach nicht an sich herankommen, sie ziehen einen an und stoßen uns im entscheidenden Moment wieder ab. Und das führe dann dazu, hatte Freudenthaler gesagt, dass wir solchen Leuten wie Schwarz verfallen, ohne genau zu wissen, warum. Wir verfallen ihnen und wissen nicht warum. Wir glauben an sie und haben keine Ahnung wieso. Denn einerseits ist es tatsächlich nicht die Person, andererseits auch nicht die Literaturwissenschaft, denn von beiden verstehen wir ja überhaupt nichts. Es ist also etwas, dachte ich, von dem man nicht zu sagen vermöchte, was es überhaupt ist; dann muss man schon, wie Freudenthaler, dachte ich, mit einem Menschen wie Schwarz auf dem Polandplatz gewohnt haben und auf dem Polandplatz seine Jugend verbracht haben, mit ihm in die Pohlandplatzgrundschule gegangen sein. Ein Mensch wie ich kann es nicht wissen, der ich auf der anderen Elbseite geboren und aufgewachsen bin. Aber auch Freudenthaler schien seinen Freund noch nicht völlig durchschaut zu haben. Denn selbst er hatte Schwarz noch nicht ergründen können, obwohl er ihm bis zur Selbstaufgabe verfallen war. Selbst wenn Schwarz, wie Freudenthaler einmal gesagt hat, eines Tages, wie es sein, Schwarzens, Wunsch sei, auf dem Striesener Alten Friedhof begraben läge, hätte wir seinen wahren Charakter und sein Wesen noch nicht erforscht und seien keinen Schritt weitergekommen. Wer Schwarz kenne, hatte Freudenthaler oft gesagt, müsse sich fragen, wohin die Lebensart und der Charakter Schwarz geführt habe und führe. Man könne es nicht sagen, sich nicht beantworten und dieser fortwährende Zwang zur Seelenerforschungen lasse ihn, Freudenthaler, von der Seite Schwarzens nicht mehr los - er sei mit ihm verwachsen, er denke wie er, er rede schon wie er und manchmal fühle er bereits wie seine Gelenke beim Buchlesen anschwöllen. So ging es eine Weile fort, Freudenthaler redete und redete, Schwarz stand ein paar Meter abseits und schien im Stehen eingeschlafen, und mir war mein ganzer schöner Plan, den Schwarz zur Rede zu stellen, abhanden gekommen, untergegangen im anhaltenden Redefluss des Lars Freudenthaler. Plötzlich aber, und ich spitzte die Ohren, sprach dieser davon, wie er Schwarz überredet habe, in den Gulm-Notteckchen Buchladen zu gehen, wo Schwarz nur in Ausnahmefällen oder in Notlagen, wie dem Auslegen seiner „Ohren", in den Gulm-Notteckchen Buchladen zu gehen bereit war; er habe, so Freudenthaler, dem Schwarz die Buchladen- und die Bücherphobie auszutreiben versucht, indem er ihn direkt an die Wurzel des Übel führten wollte. Schwarz habe nichts notwendiger als Beruhigung, sagte Freudenthaler, und die Beruhigung seiner Seele könne nur durch die direkte Konfrontation mit seinem Hauptübel erreicht werden. So also bat ich ihn, sagte Freudenthaler, mit mir in die Wesenitzstraße zu gehen, wo der Gulm-Notteckche Buchladen liegt, aber Schwarz hörte nicht, ich forderte ihn auf in die Wesenitzstraße zu gehen, aber Schwarz stellte sich taub; tagelang hat er sich taub gestellt, doch dann eines Tages, stellen Sie sich das vor, verehrter Malef, machte er halt vor dem Gulm-Notteckchen Buchladen, ausgerechnet diesen Laden, den auch ich hasse, sagte Freudenthaler, und den die meisten Literaten der Stadt wie nichts hassen, auch, wenn sie es nicht zugeben wollen oder manche sogar dort hingehen, um einen der grässlichen Kaffees zu trinken, die ihnen der Inhaber des Ladens, Herr Renatus Gulm-Notteck, aufschwatzt, dennoch hassen sie alle diesen Laden. Warum sie ihn hassen, wisse er nicht, sagte Freudenthaler, er wisse es nicht, weil niemand über diesen Hass spräche, aber er wisse es, wie es alle in der Stadt wüssten: in den Gulm-Notteckchen Buchladen geht man als Literat nicht, das ist zu gefährlich, obwohl niemand je gesagt hat, warum und dass es gefährlich in diesem Laden ist, so ist es doch gefährlich, wie alles wissen. Und ich dachte noch, als ich hinter Schwarz von der

Friedenstraße in die Wesenitzstraße einbog, dass er nur ja nicht in den Laden geht, obwohl ich es doch gewesen war, wie ich mir eingestand, der ihn dazu überredet hatte, gerade in diesen Laden zu gehen; jetzt fürchtete ich mich nun davor, dass er, mein armer Freund Schwarz, tatsächlich in den Gulm-Notteckchen Buchladen ginge. Ich hatte Angst vor der bekannten Gefährlichkeit dieses Ladens und vor den Konzequenzen, die zu befürchten waren, und ich kannte Schwarzens Ängste und seine jähe Impulsivität. An all dies dachte ich, von Minute zu Minute mit stärkerem Herzklopfen, auf der Friedensstraße 20 Meter hinter Schwarz herlaufend, sagte Freudenthaler. Doch Schwarz lief immer schneller, fast rannte er schon, ich hatte Mühe nachzukommen. Dann sah ich ihn inne halten, einen Augenblick hoffte ich noch, weil ich das aus der Ferne nicht genau sehen konnte, er wäre vor dem benachbarten Laden, der Schmuckboutique „Perlen der Neustadt", verharrt, doch ich täuschte mich, Schwarz war genau vor dem Gulm-Notteckchen Buchladen stehen geblieben. Er stand also vor dem Buchladen, ja, er wandte sogar den Kopf nach mir um, und dann, als ich, ein wenig außer Atem und erhitzt, anlangte, sind wir hineingegangen; obwohl wir, wie ich sagte, gar nicht vorgehabt hatten, hineinzugehen, sind wir trotzdem hineingegangen - ja, denn noch auf der Friedensstraße hatte ich zu Schwarz gesagt, wir könnten ja in die Wesenitzstraße gehen, was wäre dabei, wir brauchten ja nicht, den bewussten Laden zu betreten, wenn es ihm nicht lieb wäre und er sich all zu sehr fürchtete, wir könnten ja ganz ohne Zwang auf der Wesenitzstraße entlang gehen, könnten dann in den Pastorensteig einbiegen, am Bäcker Weckenmacher vorbei über die Kleine Wesenenitzbrücke den kurzen Berg hinan gehen und der Villa „Turgenjew" unseres alten Freundes Boris Schneidicke einen Besuch machen, ja, hatte ich vorgeschlagen, wir gehen einfach am Gulm-Notteckchen Buchladen vorbei, ohne den Gulm-Notteckchen Laden zu betreten und trinken Tee bei Schneidicke - aber es kam anders, wir haben ihn doch betreten, diesen Buchladen, gegen unseren Willen, wie zu sagen ist. Schwarz voran, ich hinter ihm her. Schwarz riss die schwere, in einfallslosem Grau gestrichene Eisentür des Ladens auf und eilte in seiner bekannten Hastigkeit zum Ladentisch. Blitzartig stand er dort. Kaum hatte er die Türe aufgerissen, schon stand er vor dem Ladentisch. Wobei Ladentisch ein irreführendes Wort ist, für das, was im Gulm-Notteckchen Buchladen diesen Zweck erfüllt. Es war nur ein winziges provisorisches Tischchen, die Platte aus dünnem Sperrholz, getragen von stählernen Winkeleisen, welche silbern glänzten und mit irgendeinem billigen Kunststoff beschichtet waren, auf jenem Tischchen von der Größe eines A3-Blattes stand die meiste Fläche einnehmend nur der Bildschirm des Computers und die Registrierkasse, Gulm-Nottecks wichtigstes Arbeitsgerät, dann war da noch ein postkartengroße Restfläche, auf der ständig Bestellungen, Paketaufkleber, unbezahlte Rechnungen nebst Lieferscheinen und eine bunte Schar von Stiften aller Art wild durcheinander lagen. Signierstifte für die Autoren, wenn sie im Laden auf ihre Leser treffen, wie der Buchhändler gelegentlich scherzte. So also sah der Gulm-Notteckche Ladentisch aus, vor dem jetzt Schwarz, unruhig von einem Bein auf das andere tretend, und hinter dem der Buchhändler mit servilem und, wie ich sah, neugierigem Gesicht stand. Währende noch kein einziges Wort, nicht einmal ein „Guten Tag" gefallen war, wies Schwarz schweigend auf einen der Bücherstapel, die überall herum lagen. Diesen da! knurrte er, und der Buchhändler, ein wenig ratlos, indes eifrig, bückte sich und schleppte den Stapel heran, setzte ihn auf einem der leeren Gartenstühle, die immer im Laden standen, ab. Er wartete, leicht nach vorn gebeugt, was nun geschehen werde. Winterbücher! presste Schwarz hervor, Winterbücher! Ich dachte es mir! Ware, die schon seit einem halben Jahr an derselben Stelle auf Käufer wartet. Seit dem Winter nämlich. Typische Winterbücher mit dicken Schutzumschlägen, derben Pappdeckeln und starken Seiten, bestimmt über 125 Gramm Papierstärke. Gulm-Notteck wollte etwas entgegnen, doch Schwarz ergriff das oberste Exemplar und blätterte es auf. Was haben wir denn da? fragte er drohend, hob das aufgeschlagene Buch hoch und hielt die Seiten gegen das Licht. Polnisches Papier! Sehen Sie – voller Holzeinschlüsse und durchsichtiger Stellen. Ah, und hier! Er blätterte weiter und fand mitten im Buch eine unbedruckte Seite. Ah, eine Leerseite! Ein gravierender Fehler. Ein Mängelexemplar also – aber, er wendete das Buch um, mit dem vollen Preis ettikettiert! Wussten Sie von der Leerseite, mein Lieber?? Betrug, also! Oh, diese Buchhändler. Was sind talentlose Autoren gegen betrügerische Buchhändler! Gulm-Notteck, sprachlos und rot wie ein ertappter Oberschüler, zuckte bedauernd mit den Schultern. Aber, was er auch hätte sagen wollen, er kam nicht dazu, denn Schwarz deutete in seiner Art, so Freudenthaler zu mir, immer wieder und wieder und mit immer größerer Nachdrücklichkeit auf neue Bücherstapel, die er untersuchte, das Papier gegens Licht haltend und nach unbedruckten Seiten durchforschend, und, da er ständig aufs Neue auf schlechtes Papier und unbedruckte leere Seiten stieß, steigerte sich sein Verhalten in wahre Raserei, in der er seine Umwelt, den Buchhändler und auch mich, so Freudenthaler zu mir, immer weiter zu vergessen schien. Und dazu habe er, Schwarz, andauernd zu dem Buchhändler Gulm-Notteck, der ihm immer wieder neue Bücher vorlegen musste, nur in einem fort gesagt: Solch ein Skandal, eine ganze Buchhandlung voller Mängelexemplare, ein ganzer Stapel voller Unrat und Minderwertigkeit, und er könne nicht aufhören, er müsse diesen ganzen Augiasstall ausmisten, das sei seine Aufgabe, denn nicht nur die Autoren, an denen er bereits verzweifelt sei, wo es nicht einen einzigen Talentvollen gäbe, sondern auch das Hinterland der Autoren, der Buchhandel, sei eine ausgemachte Schande, und, wenn man dann noch die Rezensenten, die Journalisten und die Verlage hinzunähme, dann ergäbe sich - eine ganze Branche voller Unrat und Übelstand. Nein, wiederholte Schwarz, er könne zu diesen Dingen nicht schweigen, er müsse es hinausschreien in die Welt und ihm, dem Buchhändler, ins lächerliche spitznasige Gesicht rufen, warum all diese Bücher auf eine den Büchern im Allgemeinen misstrauisch machende Weise, so Schwarz zu Gulm-Notteck mit einem gequälten Lächeln, so Freudenthaler jetzt zu mir im Beisein des abseits stehenden schweigenden Schwarz, diese unübersehbaren Mängel aufwiesen; ja bereits diese neuen, noch in Folie verhüllten Bücher, noch ungelesenen, vollkommen neuen Bücher wiesen diese Mängel auf. Schwarz´ Stimme steigerte sich in höchste Falsetttöne. Ob es sich bei dem Bücherpapier um polnische Ausschussware handele, schrie er, oder um slowenisches Abfallpapier sei vollkommen gleichgültig, es sei ein buchhändlerischer Betrugsversuch, so ging es eine Weile weiter - schließlich aber konnte die Beherrschung des Buchhändlers kaum noch im Zaume gehalten werden. Trotzdem, er beherrsche sich, wenn er auch blass geworden war und von Zeit zu Zeit die Fäuste ballen musste. Indes zeigte sich in diesem Augenblick im Hintergrund des Ladens eine große schlanke Frau, die mit ihren kräftigen, männlichen Händen die ganze Zeit mit dem Packen von Bücherpäckchen beschäftigt gewesen war. Und da wusste ich, so Freudenthaler zu mir, dass alles auf eine Katastrophe hindeutete, obwohl ich keinen Augenblick wirklich glaubte, dass diese Katstrophe auch tatsächlich stattfinden würde. Denn, auch früher schon hatte ich erlebt, wie der Buchhändler bei Schwarz´ Besuchen in seinem Laden, bei denen es allerdings nie um die Qualität der Bücher gegangen war, seine größte Beherrschung bewahrt hatte und immer dann aufatmete, wenn Schwarz wieder den Laden verlassen hatte, doch das lag immer nur daran, dass er von der nervös hastigen Art des Ruprecht Schwarz bis an die Grenze seiner Nervenbelastbarkeit gefordert gewesen war, denn niemals hatte Schwarz früher, so wie an diesem Tag, eine solche Unordnung im Laden angerichtet und es fertig gebracht, fast den ganzen Bücherbestand nach Fehlern zu durchsuchen. Und, eines musste ich bedenken: Immer war des Gulm-Notteck allein im Laden gewesen, wenn auch Schwarz hier war. Nun kam es also, nachdem Schwarz auch die oberen Reihen der Regale prüfen wollte, dass jene Frau im Hintergrund des Ladens, welche die Lebensgefährtin des Gulm-Notteck war und die ansonsten eine leitende Stellung im städtischen Ordnungsamt bekleidete, nach vorne trat und zuerst ein paar Minuten, schwer atmend, im Raume gestanden, dem Treiben des Schwarz zuschauend, plötzlich in das wilde Geschehen eingriff. Völlig unerwartet trat sie neben den rasenden Schwarz, neben einen von seiner vermeintlichen Mission besinnungslos wütenden Schwarz, und sie riss ihm, so wie der die vor ihm auf dem liegenden Stapel Bücher ergriff, aus der Hand und warf sie in hohem Bogen zur Seite. So ging es also: Schwarz griff nach dem nächsten Buch, wollte es aufblättern, da wurde es ihm von der Gulm-Notteck´schen Lebensgefährtin mit geübtem Griff entrissen und zur Seite geschleudert, Schwarz nahm ein Buch, es wurde ihm entrissen, eine Sache von Sekunden, kein Wort fiel dabei, wütendes Schweigen herrschte in der Buchhandlung; draußen vor dem Laden standen ein paar Leute und starrten mit großen Augen durch die große Ladenscheibe, sie unterhielten sich, sie sahen, was hinter der Scheibe im Laden vorging, aber keiner wagte einzutreten. Und drinnen immer noch dasselbe: Schwarz nahm ein Buch, sie entriss es ihm, Buch um Buch ging auf diese Weise von Schwarzens Händen in die Hände der Buchhändler-Gefährtin, Buch um Buch, Stapel für Stapel – bis der Boden des ganzen Ladens mit hingeschleuderten Büchern bedeckt war. Dann erst, beim allerletzten Buch, schien Schwarz aufzuwachen. Breitbeinig stand er, schnaufte und schüttelten den Kopf wie ein kampfbereiter Löwe, aber auch die Lebensgefährtin stand auf diese Weise neben ihm, breitbeinig, entschlossen, kampfbereit. Obwohl der Höhepunkt erreicht war, schienen Beide zum Letzten entschlossen, schnaubten sie wütend, atmeten schwer, hatten gerötete Gesichter. Indes, so wie es begonnen hatte, endete es: plötzlich, unvermittelt gab Schwarz auf und setzte sich mit untergeschlagenen Beinen mitten in die umherliegenden Bücher. Er blickte mit traurigen, abwesenden Augen um sich. Dann sagte er mit leiser Stimme: Das ändert nichts! Schlechte Ware! Schlechte Ware! Alles verdorben. Und beinahe fühlte ich mich an das Hauffsche Märchen vom Zwerg Nase erinnert, wo die alte Hexe auf dem Markt die feilgebotenen Kohlköpfe, einen nach dem anderen prüft und schließlich jammert: Schlechte Ware! Schlechte Ware! Alles verdorben! Leere Seiten in fast jedem Buch. Druckfehler, wohin man blickt. Liederliche Arbeit. Schlampig. Ein Haufen unbrauchbarer Bücher, stammelte Schwarz indessen auf dem Fußboden des Buchladens sitzend. Verdorben, alle verdorben. Verdorbene Bücher. Es gibt keine unversehrten Bücher mehr. Alles falsch. Tschechisches Papier, tschechischer Druck, Leimbindung, kaum noch Fadenheftung. Alles Betrug. Oh, was für eine schlechte Ware. Schlechte Ware, und wo findet man noch deutsche Autoren, alles nur Amerikaner der dritten Reihe, die kein Mensch kennt, in übelster Übersetzung außerdem, amerikanische Bücher, wie man sie in den Staaten in jedem Drugstore entlang der Highways für einen Dollar zwanzig bekomme, keine deutschen Klassiker mehr, keinen Heine, keinen Keller, nirgends Feuchtwanger oder Wassermann, auch keinen Fontane, nirgends Jean Paul oder Raabe, oh was für ein Elend, übelstes Bücherelend, jawohl ... und eine Träne lief ihm über die fahle, eingefallene Wange. Schwarz weinte. Ja, er weinte und schluchzte, und es schien, als wolle er gar nicht aufhören zu weinen; wie man später feststellte, war dieses Weinen der eigentliche Zusammenbruch - Schwarz war in diesem Moment verrückt geworden, er hatte den Verstand verloren. Natürlich war die Situation im Laden inzwischen unhaltbar geworden, es musste etwas geschehen, und so trat ich nach ein paar Minuten zu ihm, dem Weinenden und Jammernden, hin, half ihm auf, machte dem Buchhändler und seiner Gefährtin ein entschuldigendes Zeichen, und verließ mit Schwarz, dem ich meinen Arm um den niedergebeugten Nacken schlang, den Gulm-Notteckchen Laden ...

    Am nächsten Tag überredete ich ihn, einen Arzt aufzusuchen. Sein Zustand bereitete mir große Sorgen, ich wich ihm nicht von der Seite. Doch vor der Tür der Arztpraxis machte er wieder kehrt. Nicht er sei krank, sagte er mit großer Emphase, sondern die deutsche Literatur und das ganze Buchwesen, nicht er brauche einen Arzt, sondern der Buchhandel, die Verlage und alle Autoren.

Seine Krankheit sei die des Literaturbetriebes, und da diesem nicht zu helfen sei, wäre es bei ihm vollkommen vergebens. Eine Erlösung sei von ganz anderer Seite nötig. Ich werde schon sehen. Und mit großen Schritten eilte er davon, kaum konnte ich ihm folgen. Er bog um eine Straßenecke und entschwand meinen Blicken, als ich an diese Stelle kam, außer Atem, wie zu sagen ist, sah ich ihn nicht mehr, er war verschwunden. Ich gab es auf, kehrte um und ging, von den schlimmsten Befürchtungen begleitet, nach Hause. Erst Tage später erhielt ich eine Meldung: Man hatte Schwarz an der Elbe aufgegriffen und ihn nach gründlicher Untersuchung hinauf nach Bühlau gebracht. Wir wissen ja alle, seufzte Freudenthaler, was es heißt, hinauf nach Bühlau zu kommen. Wer nach Bühlau gekommen ist, kommt kaum wieder herunter. Bühlau ist eine Art Schicksal, ein Stigma. Wer in Bühlau war, der trug ein unsichtbares Mahl, in Bühlau gewesen, hieß abgestempelt zu sein. Dabei sind viele bekannte Künstler, Literaten, auch Politiker und Beamte nach Bühlau gekommen. Eine lange Liste von Insassen. Wenn die Mauern von Bühlau reden könnten, entstünde eine endlose Aufzählung von Schicksalen ... Wilhelm Devrient, Richard Wagner, Ludwig Tieck, Bernstein, Rolf Ludwig, Traute Richter ... und er sagte in loser Aufzählung noch mindestens dreißig Namen an ... und jetzt Ruprecht Schwarz ... oh, mein Gott.

Er, Freudenthaler, habe, fuhr Freudenthaler auf der Piniengasse auf mich einredend fort, während er einen ängstlichen Blick auf den noch immer beiseite stehenden Schwarz warf, er habe durch die Tatsache, dass Schwarz endgültig verrückt geworden ist und nach Bühlau, (er sagte, wahrscheinlich von Zeit zu Zeit immer wieder nach Bühlau geschickt wird) gekommen ist, selber jede Hoffnung auf die Literatur in der Stadt aufgegeben. Und ohne

Schwarz, sagte Freudenthaler, hat dieser Gedanke an Entsetzlichkeit zugenommen. Ihm sei die Vorstellung einfach unvorstellbar, sagte Freudenthaler, dass es künftig eine Literaturszene in der Stadt ohne Schwarz geben könne, dass seine „Ohren" künftig nicht mehr ausgelegt würden, und keiner der jungen Autoren einen Mentor wie Schwarz haben werde, ohne Schwarz gäbe es kein geistig-literarisches Leben mehr in der Stadt, ohne seinen lieben alten Schwarz (Freudenthaler seufzte auf), den er jetzt (und erzeigte auf einen schwarzen Koffer neben sich) mitsamt dem Nötigsten erneut nach Bühlau hinaufschaffen müsse - ja selbst ein tägliches Leben könne er sich nicht ohne Schwarz kaum vorstellen. Dabei dächte er an die banalsten Kleinigkeiten, die ihm fehlen würden, so wie sie ihm schon während Schwarz´ erstem Bühlau-Aufenthalt gefehlt hätten. Da wäre zum Beispiel Schwarz´ Angewohnheit, immer nur im hochgeschlossenen Anorack und mit seiner Mütze auf dem Kopfe auf die Straße zu gehen, während er, Freudenthaler stets im offenen Mantel und barhäuptig ginge. Bei Schwarz sei es die Angst vor Verkühlung gewesen, vor Erkältung, entzündeten Mandeln, Halsschmerzen und Schnupfen, während er, so Freudenthaler, Furcht vor jedem Hitzestau gehabt habe. Ja, es seien eben auch diese Gegensätze, die sie unverwechselbar geeint hätten. Nicht nur die Ähnlichkeiten, nein auch die Gegensätze ketteten uns aneinander, sagte er. Denn während Schwarz fortwährend Angst hatte, zu erfrieren, quälte mich die Furcht, zu ersticken, so Freudenthaler, und ich sah in seinen Augen ein aberwitziges Blitzen, das in mir den Verdacht aufkommen ließ, ob nicht Geisteskrankheiten ansteckend wären. Und ich trat auf der Piniengasse einen Schritt von Freudenthaler zurück. Doch Freudenthaler redete weiter in seiner Art: Während Schwarz hohe, fast bis zu den Knöcheln reichende Schuhe anhat, und nichts anderes anziehen will, ziehe ich nur Halbschuhe an, weil ich nichts mehr hasse als zu hohe Schuhe, ich fühle mich dann schon von unten her, von den Füßen, eingeengt. Eine Unart, hat Schwarz immer wieder gesagt, in Halbschuhen zu gehen, eine Albernheit in solch hohen Schuhen zu gehen, antwortete ich darauf. Und wir stritten uns allein über dieses Thema fast eine halbe Stunde. Trotzdem fehlt mir dieser Streit nun, und ich weiß nicht, was ich ohne diese ständigen kleinen Streitereien machen soll. Seltsam, dachte ich, während dieser Rede des Freudenthaler, wie ähnlich sie sich sind, hatte mich doch Schwarz auf der Straße beim Warten auf das Ampelgrün wegen meines Hutes kritisiert und auf seine, viel bessere Kopfbekleidung verwiesen. Sollte diese Eigenart, dachte ich, schon ein erstes Anzeichen für Schwarz´ beginnende Geisteskrankheit gewesen sein, und sollte, dachte ich weiter, auch Freudenthaler nun an den gleichen Symptomen leiden, oder sollte seine seltsame Eigenschaft, den Schwarz in allem nachzuahmen, was als verzeihliche Marotte angesehen werden könnte, sich auf diese Weise äußern? Kaum hatte ich das gedacht, als Freudenthaler, der einen Blick auf meine Schuhe geworfen hatte, voller erstaunter Empörung ausrief, aber, verehrter Malef, Sie tragen ja auch, wie Schwarz, solche knöchelhohen Schuhmonster. Wie können Sie das aushalten? Ich entgegnete, dass ich wegen einer Bänderschwäche schon immer, seit meiner frühesten Jugend, hohe Schuhe tragen muss, und dass ich Halbschuhe oder gar Sandalen gar nicht zu tragen imstande bin, weil ich dann jeden Halt verliere und entengleich zu watscheln beginne. Eine Schwäche, sagte ich und zuckte die Achseln. Da lächelte auch Freudenthaler und bat mich, ihm zu verzeihen. Manchmal, sagte er, käme diese Sucht, die er von Schwarz übernommen, an anderen Gegensätzliches zu kritisieren, wie ein Anfall über ihn und er könne sich nicht beherrschen. Indes, und er blickte wieder an mir herab, zu meinen Hosen, und runzelte die Stirn, dieses müsse er noch anmerken, sagte er, warum ich nur diese umschlagfreien Hosen trüge, ob dies denn ginge und auszuhalten wäre, während er doch beispielsweise, und er zeigte ein Bein vor, tagaus, tagein nur Hosen mit Umschlag trüge. Aber nicht nur bei unserer Kleidung, sprach er weiter, an die wir uns gewöhnt haben und die uns zur endgültigen geworden ist, sondern auch mit unseren Sinnen verhält es sich vollkommen ähnlich. Mit dem Hören ist es ja genauso, fuhr er mit plötzlich aufflackerndem Eifer fort, hören wir etwas, prüfen wir, was wir hören, bis wir sagen müssen, das Gehörte ist unwahr, es ist eine Lüge, das Gehörte. Auch mit dem Sehen. Sehen wir etwas, so prüfen wir das Gesehene, bis wir feststellen müssen, das Gesehene ist entsetzlich. So besteht unser Leben nur aus Entsetzlichkeiten und Lügen, wie eben auch die falsche Kleidung, an die wir uns ein Leben lang gewöhnt haben, eine Lebenslüge ist. Ein Leben lang laufen wir in der falschen Kleidung herum, wo wir doch, hätten wir auf den Rat eines Freundes gehört, beizeiten unsere Kleidung hätten wechseln können.

Und ist es nicht mit der Literatur auch so? Schwarz sagt: Die Autoren erfinden für sich einen Schreibstil und ein Thema und bleiben dabei, dabei hätten sie, um erfolgreich zu sein oder sich ehrlicher verwirklichen zu können, einen ganz anderen Schreibstil und ganz andere Themen wählen müssen, aber nein, die meisten bleiben bei ihrem Schreibstil, ein ganzes Leben lang, und wundern sich, dass sie niemand lesen will, ja, manche beschimpfen sogar ihre Leser und die Rezensenten und die Verlage, dabei liegt die Schuld bei ihnen selbst. Hätten sie einen anderen Schreibstil und andere Themen gewählt, so hätten sie Preise und Auflagen bekommen, dass es ihnen wohl ginge, ein Leben lang. Sehen Sie, Malef, sagte Freudenthaler, das hatte sich Schwarz vorgenommen: die Autoren und die ganze Literatur auf den rechten Weg zu bringen. Er wollte aus seiner ursprünglichen Bücherphobie und seinem Autorenhass ausbrechen, wollte die Literatur nach seinem Bild formen, doch niemand hörte auf ihn, er schuf sich Feinde, statt Freunde, vereinsamte und nun ist er nach Bühlau hinaufgekommen. Das ist die Wahrheit. Aber: Wer sich in dieser Welt treu bleiben will, muss verrückt werden, nur ein Geisteskranker ist ein sich selbst treuer Mensch, nur die Verrückten sind die Ehrlichen, alle anderen aber lügen und fälschen und betrügen, sich selber und die ganze Welt. Will man ehrlich sein, muss man verrückt werden, will man etwas durchsetzen, kann man nur den Verstand verlieren. Das ist die Wahrheit! Die nach Bühlau Gekommenen sind die Aufrechten und die besseren Menschen, glauben Sie mir, sie können sich dort oben im Spiegel, falls man ihnen einen lässt, betrachten und zu sich sagen: Lieber wahnsinnig werden, als mit diesen Lügen leben – das wahre Gottesreich ist das Reich der Verrückten und Geisteskranken, denn sie sind nicht von dieser Welt.

Ist es nicht so?

Sehen dieses Köfferchen hier, und Freudenthaler zeigte auf einen alten zerkratzen Lederkoffer, darin befinden sich Schwarz´ letzte Utensilien, auch das Manuskript seiner Schrift „Empor ins Reich der Edelautoren", in der er sein Lebenscredo aufgeschrieben hat, ein paar Schlafanzüge, Handtücher, das Rasierzeug, Waschlappen. Leben Sie wohl, mein lieber Malef, ich werde Ruprecht Schwarz jetzt hinauf nach Bühlau bringen, leben Sie wohl – und Freudenthaler ging ein paar Schritte zu Schwarz hin, nahm ihn bei der Hand wie ein kleines Kind, und ich sah die beiden, Hand in Hand, Freudenthaler mit dem Schwarzschen Köfferchen, wie sie still die Piniengasse verließen ...

**DER FESTAKT**

Die Festgäste warteten, in Gruppen zusammenstehend, manche schon mit dem Sektglas in der Hand, auf die Verlagserbin, die, wie sich alsbald herumsprach, vom Empfang im Schöneberger Rathaus erst vor 10 Minuten aufgebrochen war und jetzt wahrscheinlich mit ihrer Begleitung im Feierabendverkehr der Hauptstadt feststeckte, ich aber beobachtete von meinem Rollstuhl aus die Versammlung all der ehrwürdigen, bekannten und bedeutenden Autoren, Verlagskollegen, Journalisten und Künstler, die sich zur Einweihung des neuen Verlagshauses des Sauerbier-Verlages eingefunden hatten. Ich hatte die Einladung, die mich schon vor Wochen erreicht hatte, zuerst ignorieren wollen, war ich doch seit langem nicht mehr als Autor hervorgetreten, hatte die Aktivitäten des Verlages nur noch aus der Ferne und höchstens auf den zweimal jährlich stattfindenden Buchmessen beobachtet oder ihn in meinen Einführungsvorlesungen über deutsche Verlage und ihr Verhältnis zur ostpaschtunischen Naturlyrik erwähnt, aber dann erinnerte ich mich, dass ich seinerzeit mit dem langjährigen Verleger Friedrich Ernst Maria von Sauerbier in herzlichem Einverständnis gestanden hatte. Erst nachdem Sauerbier, weil ihm seine erste Frau, Friedericke Theresa, geborene zu Mettenburg, gestorben war, und er die 30 Jahre jüngere Marijka Brokovic, eine gebürtige Kroatin, geheiratet hatte, war unsere Verbindung schrittweise abgekühlt. Die Brokovic, eine rassige, inzwischen zur Fülle neigende Dalmatierin, die, als Sauerbier sie kennenlernte, ein Reisebüro und einen Rotweinhandel in Split betrieb, hatte den schon an der Schwelle des Alters stehenden Verleger von Anfang an beherrscht. Dies gelang ihr umso mehr, als sie, ursprünglich ausgebildete Opernsängerin, Sauerbiers Liebe zur italienischen Oper in ständig neuen Rollen befriedigte, mal umgarnte sie ihn nach Art der Violetta oder war leidenschaftlich wie die Gilda, um dann plötzlich in eine gespielte, rasende Eifersucht der Gräfin Olesch zu verfallen. Einmal soll es sogar eine Liebhaberaufführung der Tosca in gemieteten Räumen der Scala gegeben haben, wo die Brokovic die Titelpartie gesungen hat.

Doch, das ist nicht gesichert. Die Zeitungsberichte darüber sind von Sauerbier wie auch von der Scala immer dementiert worden. Jedenfalls, Sauerbier geriet zusehends mehr in den Bann seiner jungen attraktiven Frau, erste Nachlässigkeiten im Verlagsgeschäft fielen auf. In dieser Phase geriet ich das erste Mal an die Kroatin, welche sich jetzt Olga Sauerbier-Brokovic nannte. Olga war der Vorname ihrer russischstämmigen Großmutter und er schien ihr passender als der zu ungarisch und damit zu operettenhaft klingende Name „Marijka". Eigentlich war es eine Banalität gewesen, mein eben im Verlag liegender Lyrikband, der zur Frankfurter Buchmesse in großer Aufmachung herauskommen sollte, hatte ein Lektorat erfahren, dass mich erregt hatte und so wollte ich Änderungen, es ging um zwei einzelne Wörter, mit deren Gruppierung im Text ich nicht einverstanden war. Doch die Brokovic, die plötzlich in unser Gespräch hineinplatzte, bestand auf der Version des Lektors, und Sauerbier war nicht in der Lage auch nur ein Wort zu meiner Entlastung zu sagen – so blieb es dabei und ich zog verärgert ab. Zuerst hatte ich das Manuskript zurückhaben wollen, ich verzichtete aber schließlich, denn ich hatte seit mehreren Jahren kein Buch mehr veröffentlicht, und so siegte die Sucht nach einem neuen Buch über meine peinliche Akkuratesse wegen der falsch platzierten Wörter. Aber, es kam weiteres hinzu, ich hatte genug von Sauerbier und seinem Verlag und zog mich mehr und mehr zurück, und so bin ich seit dieser Zeit meinem alten Freund Sauerbier, seinem Verlag und besonders seiner jungen Frau zuerst in kleineren, dann aber in immer weiträumigeren Ausweichmanövern aus dem Weg gegangen. Das ist jetzt beinahe zwanzig Jahre her. Seit zwanzig Jahren, dachte ich also in meinem Rollstuhl und gab dem jungen Adrian Atzengräber, einem Studenten des Literaturinstituts in Leipzig, der die Aufgabe gegen ein geringes Entgeld übernommen hatte, mich nach meinen Anweisungen durch die Festgesellschaft zu fahren, ein Zeichen zum Kalten Büfett zu rollen, seit zwanzig Jahren also bin ich dem Sauerbier, seiner Olga und dem Verlag erfolgreich aus dem Weg gegangen, jetzt aber habe ich die Einladung zu diesem Festakt angenommen. Und mit einer gewissen Scham dachte ich daran, wie ich diese Einladung, die ich voller Grimm schon weggeworfen und zerrissen hatte, wieder aus dem Papierkorb gekramt, die Schnipsel auf dem Küchentisch geglättet und unter Zuhilfenahme einer Papierunterlage aufgeklebt hatte. Ursache für diesen opportunistischen Rückfall war, dass ich einen Tag später, nachdem ich die Einladung zerrissen hatte, bei einer Visite auf der Prenzlauer Allee, wohin ich ganz spontan anlässlich eines Berlinbesuches gefahren war, um mir das in der Einladung abgebildete neue Verlagshaus des Sauerbier Verlages einmal von außen anzusehen, mit der Verlagserbin Olga Sauerbier-Brokovic auf dem Trottoir zusammenstieß. Ich hatte vor der Fassade des imposanten Baues gestanden, auf meine Krückstöcke gestützt, der Reiserollstuhl lag zusammengeklappt im Kofferraum des Autos, hatte die Fassade hinaufgeschaut und mir vorgestellt, wie hinter dieser Fassade die Manuskriptstapel lagen, zu Dutzenden, zu Hunderten, zu Tausenden aufeinander geschichtete Manuskripte, und in jedem dieser Manuskripte lagen, sozusagen zusammengefaltet, das Herz und die Seele des jeweiligen Autors, Hoffnungen, Lebenshoffnungen und wieder Hoffnungen, Abertausende unbestellte Manuskripte, denn nur ein Bruchteil davon waren auf Verlangen des Verlages angefertigt, und ich stellte mir vor, auf meine Krücken gestützt, wie mehrere sogenannte Azubis, die den Auftrag des Manuskriptstudiums hatten, eine Art Lotterie anfingen, aus den Stapeln willkürlich, ihnen unbekannte Manuskripte herauszuziehen, und dann, immer mit lustigen Bemerkungen auf ihren jungen lustigen Lippen, die Manuskriptseiten untereinander auszutauschen, um schließlich in einer Art Ratespiel herauszufinden, was sie gerade gelesen hatten, *Autoren auslesen*, nannten sie das, und ich dachte, wie auch ich seinerzeit per Zufall entdeckt worden war, nur verdankte ich es nicht ein paar lustigen Azubis, sondern einer Reinigungskraft im alten Mainzer Verlagshaus, die, wenn alle die Verlagsräume verlassen hatten, ihrer Pflicht mit Staubsauger und Schrubber nachzugehen hatte. Sie fand beim Aufräumen den Papierpacken meines ersten Gedichtbandes „Endlosschleife" auf dem Fußboden, hob die ersten Seiten auf, las und konnte nicht mehr aufhören zu lesen, las und las, nickte von Zeit zu Zeit wohl auch ein, las immer weiter, bis zum Morgen, bis sie Friedrich Ernst Marie von Sauerbier, der Chef, welcher seinen Verlag stets als erster am Morgen zu betreten pflegte, wie er ihn auch abends als letzter verließ, derart lesend vorfand. Er nahm ihr die Blätter ohne ein Wort des Vorwurfes aus der Hand, begann selber zu lesen und las sich wie sie fest, setzte sich neben seine Reinigungskraft, las und las, bis die Mitarbeiter des Lektorats alle nacheinander eingetroffen waren. Der Chef des Lektorats, damals ein gewisser Rafael Dünnebier, als er sah wie intensiv der alte Sauerbier meine Blätter las, beeilte sich zu beteuern, dass man auch im Lektorat unbedingt der Meinung wäre, diese Gedichte in einem Band zu veröffentlichen, und er habe sie gestern schon beiseite legen lassen, damit man sie heute sogleich fände und daran weiterarbeiten könne. Sauerbier war sprachlos, aber er entgegnete nichts, übereichte dem Lektor die Blätter und verließ die Lektoratsräume. Ja, so wurde mein erster Gedichtband entdeckt und, welch Wunder, nur Wochen später herausgebracht. Der bloße Zufall. Hätte die Reinigungskraft die Blätter, so wie es andere tun, achtlos mit dem Fuß beiseite geschoben, sie ungelesen auf irgendeinen Stapel gelegt oder sie, was, allerdings in anderen Häusern, schon vorgekommen sein soll, zusammengeknüllt zum Putzen der Fenster verwendet - ich wäre niemals entdeckt worden.

    Daran dachte ich also, als ich, auf meine Krücken gestützt, die neue gläserne Fassade des Sauerbierschen Verlagshauses emporblickte. Plötzlich wurde ich angerempelt. Eine Dame, die aus dem Haus gestürzt kam, und sich im Laufen nach der Fassade des Hauses umsah, den Hals reckte, um bis zum letzten Stockwerk hinaufsehen zu können, rannte mich beinahe über den Haufen, sodass ich Mühe hatte, meine Krücken festzuhalten und das Gleichgewicht zu behalten. Diese Dame war, wie ich zu meinem Schrecken sofort sah, keine andere als Olga Sauerbier-Brokovic. Aber nicht nur ich, sondern auch sie, war erschrocken. Doch, sie fasste sich sofort wieder und rief in ihrer dramatischsten Puccini-Stimme, wie sich *frrreue*, endlich den lieben Herrn Malef wieder einmal zu treffen. Und dann, ich hatte noch kein Wort zur Erwiderung sagen können, sagte sie: Wir sehen uns doch zum Festakt! Ich sei ja eingeladen, fuhr sie fort, und es wäre ihr eine Ehre, wenn sie mich in ihrem neuen Haus begrüßen könne. Sie kommen doch, nicht wahr? Ach, wenn sie nur diesen letzten Satz nicht gesagt hätte, sondern meinetwegen irgendetwas anderes Unverbindliches hervorgestoßen hätte. Doch sie sagte: *Sie kommen doch?* Also blieb mir nichts als ihr zuzunicken und zu lächeln. Sie haben sich doch nicht weh getan? fragte sie noch und berührte mich vertraulich an der Schulter. Sie verzeihen, ich muss weiter, Termine – und schon lief sie in einen langen dunklen Geschäftsmantel gehüllt, die allbekannte

Persianerkappe auf dem Kopf, eilig weiter, wandte sich noch einmal um, winkte mir zu. Da stand ich nun mit meinen Krücken, ich armer Tor, verwirrt, aus dem Konzept gebracht. Und, nach Hause gekommen, habe ich dann die Einladungskarte wieder zusammengeklebt.

Inzwischen hatte mich der junge Atzengräber an eine der Tafeln mit dem kalten Büfett herangerollt. Als ich dort ohne groß zu überlegen nach den Parmaschinken-Röllchen griff, wo ich mir doch eigentlich lieber etwas Fettärmeres, wie zum Beispiel ein paar kleine Löffelchen Salat oder Spargelspitzen, hätte auf den Teller tun sollen, da dachte ich in meinem Rollstuhl, dass ein starker Mensch und Charakter, wenn er schon die Einladungskarte zerrissen hatte, doch eigentlich auch die mündliche Einladung auf der Prenzlauer Allee abgelehnt hätte, ich aber, der ich zeitlebens immer den Wünschen und Vorschlägen aller Menschen beinahe willenlos und meistens ohne jede Gegenwehr ausgeliefert gewesen bin, reagierte wie der schwächste und widerstandloseste Mensch und hatte lächelnd angenommen. Und mir fiel ein, während ich das Schinkenröllchen mit einer Gabel aufrollte und auf einem Toast, zusammen mit einem Minzeblatt drapierte, dass es ein unverzeihlicher Fehler von mir gewesen war, mich auf der Prenzlauer Allee von der Brokovic, nachdem sie mir vor ihrem neuen Verlagshaus sozusagen in die Arme geflogen war, persönlich einladen zu lassen und danach auch noch auf meinem Küchentisch die Einladungskarte wieder zusammenzukleben. Viel hätte nicht gefehlt und wir hätten uns öffentlich geküsst, dachte ich und ich erinnerte mich ihres grellroten Lippenstiftes, ihres wirren schwarzen parfümierten Haares, das unter der Persianerkappe hervorquoll, und des Rouge auf ihren Wangen, dachte, wie mir ihr Kopf durch den Zusammenprall gefährlich nahe gekommen war, so nahe wie er mir schon früher einmal nahe gekommen war; ja, und indem ich den Parmaschinken auf der Zunge zergehen ließ, denn er war zart und feinwürzig, fiel mir die ungeheuer sinnliche Wirkung der Brokovic ein, und vielleicht wäre es das eigentlich gewesen, was mich gehindert hatte, konsequent zu sein, denn meine alte Schwäche, nicht „nein" sagen zu können, trat immer dann besonders in Wirkung, wenn ich es mit einer attraktiven Frau zu tun hatte. Und attraktiv in ihrer zerfließenden Weiblichkeit und der verwirrenden Sinnlichkeit war die Brokovic zweifelsohne. Jedenfalls, und ich schluckte den Bissen Toast mit Schinken hinunter, es war nun nicht mehr zu ändern, ich hatte zugesagt, wo ich hätte unbedingt absagen müssen. Jetzt ließ ich mich mit dem Rollstuhl hier auf dem Festakt herumfahren, wo ich mich lieber zu Hause meinen Studien der paschtunischen Naturlyrik hätte hingeben sollen. Schon vor Jahren, dachte ich auf dem Büfett umherspähend und im Unterbewussten abwägend, ob ich nicht doch etwas Fettärmeres probieren sollte, vor genau neunzehn Jahren, da lebte mein ehemaliger Freund, der alte Sauerbier, noch, hatte ich voller Stolz und Entschlossenheit beschlossen, dem Ehepaar Sauerbier so gut es ging, aus dem Weg zu gehen und nichts mehr mit ihnen zu tun zu haben, weder im Verlagswesen, noch privat, denn die Verletzungen waren zu groß gewesen, die mir dieses Ehepaar und ihr Instrumentarium, der Sauerbier Verlag, zugefügt hatten. Dass ich mich in dem Augenblick, als die Brokovic sozusagen über mich hergefallen war, und ich mich in einem Zustand der überrumpelten Schwäche, wie zu sagen ist, befand, in dem ich wehrlos war, und dass ich ganz schnell genickt und ihrer mündlichen Einladung zugestimmt habe, kann ich mir mein ganzes Leben lang nicht verzeihen, denn die Bilanz meiner letzten zwanzig Jahre lieferte ich in diesem Moment ohne Not aus, warf mich weg, mitsamt meinen Prinzipien. Doch, mein Verstand, meine Willenskraft ist in diesem Moment ausgeschaltet gewesen, sagte ich mir im Rollstuhl und beeilte mich ein weiteres Stück Parma-Schinken zu ergreifen, zog es hastig auf meinen Teller, einem anderen Festgast zuvorkommend, der neben mir von rechts auf das Büfett zugetreten war, mit seinem Teller in Brusthöhe, um ebenfalls offenbar dasselbe Stück Schinken mit der Gabel aufzuspießen, welches ich im Auge gehabt hatte. Doch ich kam ihm zuvor, erbeutete das Stück Schinken als erster, und ich erinnere mich wie wir uns, zwei Raubtieren gleich, die sich an einem erlegten Zebra um einen Bissen streiten, in die Augen geblickt haben. Nur kurz sahen wir uns in die Augen und ich erblickte sofort den Neid, wie ihn nur Autoren haben können, wenn es beispielsweise um einen literarischen Preis oder um Auflagenhöhen geht. Da war für Bruchteile von Sekunden ein fürchterlicher Hass zu sehen, ein Hass und eine Aggressivität, in den Augen des anderen, wie der diesen Hass sicher auch in meinen Augen gesehen hat, ein alles vernichtender Hass, der, ausgelebt für einen Mord gereicht hätte, ein Hass, der die ganze Hölle des Menschengeschlechts anzeigte. Doch, dieses Aufblitzen unserer Augen dauerte nur eine Winzigkeit, danach lächelten wir uns zu, machten uns bekannt. Angenehm, sagte er, er hieße Ephraim Jos Weichling und er lächelte siegessicher, lächelte, als ob mir sofort alle seine Werke einfallen müssten. Und mir fielen tatsächlich ein paar Bücher von ihm ein, doch, da ich diesen Weichling immer nur auf Zeitungsbildern oder auf seinen Buchumschlägen gesehen hatte, musste ich feststellen, dass er jetzt hier auf dem Festakt doch ein wenig anders aussah. Er war feister, wohlgenährter als auf den Bildern, indes mit gelber, faltig schlaffer Haut, von ungesunder Blässe, die Lippen leuchtend rot, das Weiße in den Augen von gelblicher Farbe - ein Leberkranker, dachte ich, oder einer mit beginnendem Pankreaskarzinom, und im Stillen war ich stolz auf meinen medizinischen Sachverstand, doch über meine Lippen kam, dass ich ihm, dem bekannten Weichling, zu seinem Aussehen gratuliere, so strotzend und vital, man müsste denken, sagte ich, er käme jetzt mitten im Winter gerade von der Sommerfrische. Und auch er machte, sich mit seinem Teller vor mir verneigend, Komplimente, dass ich entwaffnet lächeln musste. Aber nur im ersten Überraschungsmoment, der Weichling war für seine Grobheiten bekannt, lächelte ich, denn als er sagte, ich mache einen absolut vitalen Eindruck, daran ändere mein Sitzen im Rollstuhl nicht das Geringste, es gäbe Leute, die sähen im Rollstuhl kraftvoller und gesünder aus als mancher normal Laufende, man denke nur an den bekannten Minister, da musste ich diese Bemerkung hinunterschlucken, die ich sofort als tiefste Beleidigung empfand. Dieser Weichling, ein offenbar leberkranker Autor, der sich ausgeschrieben hatte, denn sein letztes Buch lag fünfzehn Jahre zurück, sowie auch mein letztes Buch über zehn Jahre zurücklag, machte sich heimlich lustig über mich. Sah er denn nicht, wie elend es mir ging, wie ich, unfähig im Gebrauch meiner Beine, mich auf diesem Festakt herumfahren lassen musste, wie ich bei allem und jeden auf die Hilfe fremder Menschen angewiesen war. Dass ich den Schinken selbstständig und noch vor ihm von der Tafel genommen hatte, ist der größte Zufall gewesen, gewöhnlich bin ich selbst bei meinen Mahlzeiten auf Hilfe angewiesen. Und, als er dann noch hinzufügte, er freue sich, mich, den bekannten Lyriker, hier bei seiner lieben Brokovic zu treffen, wo sich alle lieben Freunde und Bekannte und Kollegen eingefunden hätten, und, wenn sich die Gelegenheit ergäbe, könne man sich ja später unten im Erdgeschoss, wo eine kleine Bar eingerichtet wäre, treffen, da wandte ich mich abrupt ab. Wie sollte ich die Treppen hinunterkommen, wo der Lift noch nicht in Betrieb war. Mühsam genug hatte mich der junge Atzengräber die drei Treppen hier herauf in den 2. Stock gehievt. Ja, der Weichling gefällt sich in Gemeinheiten, dachte ich und mir fiel wieder das Zusammentreffen mit der Brokovic unten vor ihrem Haus ein. Auch sie hatte, in ihre honigsüße Einladung verpackt, die verschiedensten Gemeinheiten zu mir gesagt, Gemeinheiten, die ich zunächst nicht wahrgenommen, die mir aber jetzt mit voller Schärfe einfielen. So hatte sie mich, nachdem sie über mich hergefallen war, wie zu sagen ist, als ihren einstigen Lieblingsautor bezeichnet. Ob ich nicht wüsste, hatte sie gesagt, während sie ihren Geschäftsmantel mit einer Hand vom Straßenschmutz reinigte, mit dem sie durch den Zusammenstoß in Berührung gekommen war, ob ich nicht wüsste, dass ich vor zwanzig Jahren ihr absoluter Lieblingsautor gewesen war. Und sie sagte nicht etwa Lieblingsautor, wie ich jetzt in meiner Erinnerung vervollständige, nein sie sagte „Liebling": *Ich wäre ihr Liebling gewesen*. Das könne man sich gar nicht vorstellen, wo ich jetzt auf Krücken vor ihr stünde. Sie lachte kurz auf, sodass ich ihre langen gepflegten Zähne gesehen habe. Wie dann das mit den Krücken gekommen wäre? fragte sie sofort hinterher, um das Fatale ihrer soeben gesprochenen Worte abzumildern und den Eindruck von Mitgefühl zu erwecken. Ich weiß nicht mehr, was ich gesagt oder ob ich überhaupt etwas gesagt habe, zu sehr war ich noch von der vorher ausgesprochenen Einladung verwirrt gewesen. Ihr Festakt, hatte sie gesagt, zu dem sie sich so sehr freue, mich begrüßen zu können, wäre naturgemäß ein rein künstlerischer, um nicht zu sagen literarischer Festakt, fernab von den Tausenden Eröffnungsveranstaltungen von Banken, Autohäusern oder Regierungsgebäuden wie sie hier in der Hauptstadt jede Woche ein paar Mal vorkämen. Diesen Festakt veranstalte sie eigentlich sowieso nur ihren Autoren und den Zeitungsleuten zuliebe. Ja, ihre lieben Autoren wolle sie sehen, denen wolle sie eine Freude bereiten, und deshalb freue sie sich auch besonders, mich getroffen zu haben, ihren alten Lieblingsautor (ich ergänzte in Gedanken: *ihren alten Liebling!*), es würde bestimmt eine schöne Feier. Zum Schluss gäbe es Musik mit Tanz und einigen Darbietungen. Sie freue sich bei der Gelegenheit mit ihren Autoren tanzen zu können, es sei ja ganz etwas anderes einen Autor im Arm zu haben, als seine Bücher herauszugeben. Da bekäme das Gefühl des Ausgeliefertseins, wie es manche Autoren empfänden, eine völlig neue Bedeutung. Doch plötzlich schien sie zu merken, dass *das Tanzen* für mich nicht in Frage käme und sie ergänzte mit ihrem prallsten Opernlächeln, es gäbe ja außer dem Tanzen noch Tausend andere Möglichkeiten, ich würde schon sehen – und dann fragte sie noch einmal: *Du kommst doch?* Dieses „DU" aber schlug bei mir ein wie ein Sonnenstrahl in eine düstere, seit Jahren nicht gelüftete, verstaubte Kammer, und ich sah plötzlich, vom einen Augenblick auf den anderen, alles in einem anderen Licht, so dass ich erst, als sie schon ein paar Schritte weitergegangen war und mir zurief, sie hätte Termine und jetzt nicht viel Zeit, halbwegs zur Besinnung kam und mein „Ja" herausbrachte. Und diese Betäubung hielt an, ich fuhr verstört und meines ursprünglichen Willens beraubt nach Hause und klebte die zerrissenen Schnipsel der Einladung in atemloser Hast zusammen. Das ist die Wahrheit, dachte ich. Alles andere hatte ich mir nur zu meiner Rechtfertigung ausgedacht, so wie ich immer im Augenblick der Niederlage überall die Ursache suche, nur nicht bei der Wahrheit. Dabei ist mir klar gewesen, dass die Wahrheit zugleich immer ein Irrtum ist; obgleich sie immer die reine Wahrheit ist, ist sie immer ein Irrtum. Jeder Irrtum, dachte ich, ist nichts als die Wahrheit, nur wer sich irrt, findet zur Wahrheit.

Ich gab dem jungen Atzengräber ein Zeichen und er fuhr mich zu einer Gruppe eifrig diskutierender Autoren und Journalisten. Unter ihnen hatte ich einen alten Freund entdeckt, ihm wollte ich „Guten Tag" sagen. Als ich herangerollt war, sprach man gerade von einem jungen Autor des Sauerbier-Verlages, der im letzten Jahr mit einem Roman großes Aufsehen erregt und in der Folge mehrere Auszeichnungen und Preise erhalten hatte. Der Roman war der erste in einer geplanten Romanfolge, welche *„Die neuen Nibelungen"* hieß, sein Titel war *„Die Bronze der Elbe"*. An diesem Autor, dessen Eintreffen noch bevorstand und der als der besondere Gast dieses Festaktes galt, an ihm und seinem Werk entzündete sich die Unterhaltung mehr und mehr, beinahe war es schon ein flammender Streit geworden. Die einen waren der Meinung, dass Kai Schwetzing, so hieß der junge Erfolgreiche, unbedingt in die Proust-Nachfolge gehöre, während die anderen ihn mit Ernst Jünger verglichen und dafür besonders einen Roman heranzogen, den Schwetzing 3 Jahre zuvor, allerdings veröffentlicht beim Konkurrenzverlag „Blohm & Wohlt", geschrieben hatte und der unter dem Titel *„Unter Stahlvögeln"* ebenfalls ziemliches Furore gemacht hatte. Gerade sagte ein Witzbold, und zwar just in dem Moment, als mich der Atzengräber zwischen die Diskutanten geschoben hatte, man solle sich doch einfach vorstellen, zwischen das Wort „Stahlvögeln" gehöre ein Leerzeichen - schon wäre der eigentliche Sinn des Buches jedem noch so Ungebildeten bereits am Titel erkenntlich. Es entstand eine kleine Pause, in der die Umstehenden das Leerzeichen in ihre Köpfe fügten, dann lachten einige Herren ungeniert auf, ja, sie meckerten los und zwei von ihnen krümmten sich sogar dabei, man lachte also, bis man schlagartig, wie zu sagen ist, bemerkte, dass die „Sauerbier-Erbin", die leise und unbemerkt näher getreten war, plötzlich in ihrer Runde stand. Das Lachen hörte augenblicklich auf und die Erbin, die indes keine Miene verzogen hatte, fragte todernsten Gesichts, worüber man sich so sehr amüsiert hätte, sie wolle gerne mitlachen. Ich sah wie der Witzbold rasch und möglichst unbemerkt retirieren wollte, aber ich gab Atzengräber einen Wink, und dem Flüchtenden wurde durch mein Gefährt der Weg verstellt. Hiergeblieben! rief ich, der Witzbold – es war ein Journalist, ich kannte ihn von einigen gemeinen Rezensionen, die er über mich und meine Werke verfasst hatte. Späte Rache! dachte ich noch, ehe die Brokovic die Situation erfasst hatte und meinen Journalisten an die Schulter tippte: So sagen Sie uns doch Ihren Witz! forderte sie. Der Journalist blickte zu Boden, er war puderrot geworden, schaute von einem zum anderen, hilflos, wie zusagen ist, und nichts mehr von einem Witzbold war an ihm, natürlich wusste er, dass er sich im Beisein der Verlagserbin keinen Scherz über den Erfolgsautor des Verlages, Kay Schwetzing, erlauben durfte. Jeder, so auch er, kannte das besondere Verhältnis, welches die Brokovic mit Schwetzing verband, und jeder hatte von der extremen Humorlosigkeit Schwetzings gehört, der, kaum über einen Witz, geschweige denn über seine Person oder sein Werk zu lachen imstande war. Er war ein totaler Verächter der in den letzten Jahren so beliebt gewordenen deutschen

Spaßgesellschaft. Lachen empfand er als eine Art Neurose, als Schwäche, niemals hatte man Kai Schwetzing in der Öffentlichkeit, bei seinen zahllosen Fernsehinterviews ebensowenig wie bei Empfängen des Verlages oder anlässlich seiner Preisverleihungen lächelnd oder gar lachend gesehen. Auf alle Fragen, die man ihm stellte, selbst auf die hintergründig humorvollsten, gab er todernste und zumeist philosophisch angereicherte Antworten, sogar als man ihn, was die Veranstalter hinterher bitter bereuten, zur Fernsehshow *„Einer lacht immer"* eingeladen hatten, gab er den ernsten, tiefsinnigen und über allem Humor stehenden Weltautor und der Moderator, Karl-Peter Gottlach, ein Urgestein der Fernsehunterhaltung, war am verzweifeln. Er wollte Schwetzing mit allen Mitteln in Versuchung bringen, machte Faxen, streute bekannte Kalauer ein – doch der Schriftsteller ließ sich nicht beirrren. Mit gleichbleibender Wichtigkeit, mit ausführlichen Antworten auf die winzigsten Fragen umschiffte er die Klippen jeder Heiterkeit, blieb eisern humorlos und hätte beinahe dadurch die ganze Sendung geschmissen, wenn er nicht, und manche sagen, es sei ein Versehen gewesen, wenn er also nicht plötzlich zwei Kaffeetassen, eine lindgrüne und eine zimtrote, und zwar sogenannte Sammeltassen aus einem Service der Firma Henneberg, aus seinen Fracktaschen gezogen hätte, um damit einer kritisierten Textstelle im Bilde entgegen zu treten, nämlich, weil ihm vorgeworfen worden war, er kenne nicht den Unterschied zwischen Hutzschenreuther und Henneberger Porzellan. Er hielt also die Tassen hoch über den Kopf wie ein Boxer seinen Weltmeistergürtel und dabei entrang sich ihm ein gequältes Lächeln, sodass der Moderator seine Sendung, wie er anschließend mit Stolz vor der Presse sagte, für gerettet hielt. Aber, das war das einzige Mal in den letzten fünf Jahren, dass die

Welt Kai Schwetzing hatte lächeln sehen. Auf der anderen Seite kannte man seine manchmal wahnwitzige Kritikempfindlichkeit - wenn wir noch im 19. Jahrhundert lebten, hätte er so manchen Rezensenten zum Duell gefordert, und noch früher wären von ihm Giftmörder beauftragt worden, diesen und jenen Kritiker aus der Welt zu schaffen oder er hätte beim Papst die Bannbulle gegen jeden dieser Leute beantragt - so aber begnügte er sich mit verbalen Gefechten, und er focht eine scharfe und schneidende und polemische Klinge.

All dieses berücksichtigend war klar, dass besagter Witzbold in unserer Runde im Beisein der Verlagserbin den Mund hielt, zu gefährlich war bereits, was ihm entschlüpfte, denn die Festgesellschaft wartete auf Kai Schwetzing, der sich verspätet hatte und jeden Moment eintreffen konnte, und, wenn ihm dann hinterbracht würde, welchen Witz man hier in seiner Abwesenheit auf Kosten seines Werkes gerissen hatte, würde er sich ohne weiteres aufs Podium stellen und eine wütende Rede gegen den armen, verzagten Witzbold und gegen alle Witzbolde dieser Welt halten. Da ich voraussah, dass der beschämte Witzbold nichts wiederholen würde und deshalb der ganze Vorfall, wie man sagt, im Sande verlaufen würde, hatte ich mich vom jungen Atzengräber beiseite rollen lassen. Dort, neben einem tiefen Wandspiegel hockte ich, müde und lustlos, zugleich aber auch in einer Art Anspannung und ab und zu die Gesellschaft durch den Spiegel im Auge haltend, wartend, dass der Erfolgsautor doch noch zur Festgesellschaft stoßen würde. Aber, er kam und kam nicht. Zunehmend gelangweilt und auf einmal auch mit schweren Lidern sah ich, wie die anderen, gleich mir auseinanderliefen, und zwar plötzlich schneller werdend, denn mit einer kleinen Glocke war zum Hauptgang gebimmelt worden. Alles begab sich in den nebenan gelegenen kleinen Dinner-Room, wo die Hauptspeise eingenommen werden sollte und wo schon vor Stunden Tische aufgestellt und Kärtchen für die Sitzverteilung platziert worden waren. Dieser Room, eine grässlich herausgeputzte Scheußlichkeit, und damit perfekt an den osteuropäischen Geschmack der Gastgeberin erinnernd, protzte mit allem, was heute moderne Gesellschaftsräume aufweisen müssen – eine überdimensionale Video- und Fernsehanlage, kubistische Bilder von klein bis riesengroß, Samtbespannungen und Spiegel, Kristallüster und Halogenwandleuchter, neben dem Eingang ein paar teure deutsche Klassiker der Moderne, Rauch, Penk, Richter, von pastellfarben bis grellbunt, irgendwo ersteigert, der Parkettboden, natürlich in Teak, glänzte wie geölt und es fehlte nur noch der Nachweis, dass das Holz aus dem brasilianischen Urwald herstammte – alles unglaublich abstoßend, dass einem übel werden konnte. Mit einer Geschwindigkeit, die unglaublich war, wurden die Plätze eingenommen, alles rannte, sich beinahe umstoßend, in den Dinner-Room, während ich, wie von den anderen vergessen, noch an meinem Platze geblieben war. Tatsächlich aber war ich einen Augenblick, für Sekunden, wie gesagt werden muss, in einen winzigen Schlaf gefallen, und ich erwachte, vom jungen Atzengräber diskret an der Schulter berührt, als ich den Ruf der Gastgeberin hörte, die aus dem Dinner-Room noch einmal herausgetreten war. Hallo, Franz! hörte ich und noch im Halbschlaf wusste ich sofort, wer da rief, und worum es sich handelte. Doch sie, die glaubte ich schliefe fest, kam heran und rüttelte an meinem Rollstuhl. Der junge Atzengräber ließ das ehrfurchtsvoll geschehen, ja er war sogar einen Schritt beiseite getreten. Sie rüttelte so stark, dass das instabile Gefährt einen klirrenden Ton abgab und ich unsanft, wie zu sagen ist, aus meinem

Halbschlaf auffuhr, oder mein vollständiges Erwachen so beschleunigt wurde, dass ich instinktiv ihren Arm ergriff. Ich hatte fest zugepackt und ihr die lose am Unterarm verteilten Silberreifen ins Fleisch gedrückt. Ich sah ihr Gesicht nicht, aber an dem entsetzten Ausdruck, den das Gesicht meines Atzengruber annahm, wusste ich, dass ich ihr weh getan hätte. Ich ließ los und die Verlagserbin sagte halblaut: Franz, bist Du nun aufgewacht. Das Essen beginnt. Ich gab meinem literaturbegabten Wagenschieber ein Zeichen und er rollte mich in den Dinner-Room zur Tafel, wo man für mich, indem man einen Stuhl entfernt hatte, einen Platz frei gemacht hatte. Ich blickte zuerst auf die überladene Tafel, dann auf die übrigen Gäste, die, so schien es mir, auf irgendetwas warteten, auf ein Zeichen, ein Signal, ein Grußwort – und dann sah ich den Grund ihres Zögerns: An der Stirnseite thronte auf einem Stuhl mit überhoher Lehne, wie ein Fürst oder ein Jubilar, der besondere Ehrengast des heutigen Festaktes – der Erfolgsautor Kai Schwetzing. Wie ist er hier herein gekommen? dachte ich. An mir vorbei, während ich im Bankettsaal saß, muss er hier herein gelaufen sein. Also, überlegte ich, muss ich tatsächlich tief und festgeschlafen haben, denn sein Erscheinen und sein Vorbeigehen an mir konnte ja nicht ohne Geräusch, ohne ein auffälliges Gemurmel, ohne Beifallsrufe, ohne gerufene Bewunderung und Grüße, vielleicht sogar nicht einmal ohne Klatschen vonstatten gegangen sein. Nichts hatte ich bemerkt in meinem Tiefschlaf, hatte zusammen gesunken im Rollstuhl gesessen und irgendetwas Diffuses geträumt – so musste es gewesen sein. An den Traum besann ich mich indes nicht, besonders wie ich jetzt von dem jungen Atzengräber ganz nahe an den Tisch geschoben wurde. Leider war die Tafel in einer Höhe, die mit der Sitzeinstellung meines Rollstuhles nicht überein stimmte. Die Tischkante war viel zu hoch und der Rollstuhl viel zu niedrig, so dass ich wie ein Dreikäsehoch an der Tafel saß, gerade, dass mein Kinn über den Rand des Tischtuches ragte. Peinlich, dachte ich, in einer solchen Situation zu sein. Eine Demütigung. Die Brokovic, davon war ich überzeugt, wusste das, sie kannte Tischhöhe und Rollstuhlhöhe und sie hatte es einkalkuliert, ich sollte klein und herunter gesetzt wirken, ein literarisches Vorschulkind sitzt hier unter uns, ein ehemaliger Lyriker aus dem alten Sauerbier-Haus, jetzt ein bedauernswerter Invalide, was tut man nicht alles für solche Leute, immerhin, sie sitzen an unseren Tischen. Mein Grimm wuchs, als ich bemerkte, dass ich durch diese Höhenabstufung einen eingeengten Radius hatte, die Speisen nicht richtig erreichen konnte, und somit noch mehr auf Hilfe angewiesen war wie sowieso schon. Es gab eine Vorsuppe für alle. Weißbekleidete junge Männer, als Köche mit hohen Hüten kostümiert, trugen sie herein, und es verbreitete sich zugleich mit ihrem Duft das Gerücht, die Suppe, eine mediterrane mit Oliven, Paprika, gekochten Langusten und verschiedenen typischen Gewürzen, stamme aus der Heimat der Brokovic und sie selber habe in der Küche handangelegt oder, die zweite Variante - die Suppe sei zumindest unter ihrer Aufsicht zubereitet worden. Ich glaubte das alles nicht, denn ich kannte die Verlagserbin und ihre hausfraulichen Fertigkeiten aus den Zeiten als ich noch im Hause Sauerbier, wie gesagt werden muss, verkehrt war. So manches Mal hatten wir zusammen am Herd gestanden und ich konnte bemerken, dass sie die einfachsten Regeln nicht beherrschte. Andauernd hatte sie mich nach diesem und jenem gefragt, und am Ende war ich es immer gewesen, der die einzelnen Gänge vorbereitete, alles auswählte, schnitt, würzte und kochte, während sie über Literatur sprach und wie sie den Verlag umgestalten wollte. Dazu trank sie ihren schweren dalmatischen Rotwein, lehnte an der Anrichte oder saß mit halbem Po auf dem Küchentisch und baumelte mit ihren langen Beinen.

Im Dinner-Room begann man die Suppe zu löffeln, alle bemühten sich schnell damit fertig zu werden, man löffelte hastig und beinahe im Takt, denn man wollte hören, was der Erfolgsautor zu sagen hatte, der seinerseits keine Suppe angenommen hatte und der darauf wartete zu Wort zu kommen. Da war das Löffelgeklapper natürlich störend, vielleicht hatte er deshalb einen der Weißgekleideten brüsk abgewehrt, die Hand erhoben, den Kopf geschüttelt, so dass der Suppenträger beinahe gestolpert wäre. Die Brokovic hatte den Vorgang nicht zur Kenntnis genommen, sie hatte ein auf ihre Suppe konzentriertes Gesicht gemacht. Sie saß gleich links neben ihrem Erfolgsautor, löffelte wie eine Wilde, indes genau nach Etikette und sie war als eine der ersten fertig geworden, sie gab den Teller schnell zurück und unterhielt sich leise mit Kai Schwetzing. Was sie sprachen konnte ich nicht hören, aber ich erkannte wieder die besondere Vertrautheit, die zwischen den beiden herrschte, und mir krampfte sich das Herz zusammen. Oh, wie sie mit ihren schwarzen Augen rollte, wie sie ihre Oberlippe schürzte, um die Zähne und ein winziges Stück ihrer wundervollen Zunge zu zeigen, wie sie ihr ganzes Gesicht und ihren Hals, den Oberkörper in Bewegung hielt, alles nur, um zu zeigen, ich höre dir zu, ich glaube an dich, ich bin ganz dein, alles nur, um in dem Mann Schwetzing ein Gefühl, eine warme Sympathiewelle für sich zu erzeugen, eine Art testosteronischer Hoffnung, es könne noch mehr zwischen ihnen geben - das leidenschaftliche Weib, das Vollweib Olga Brokovic, gäbe sich ihm ganz und gar hin, nicht sofort, nein, aber irgendwann, demnächst, vielleicht bald sogar und es hänge ganz von ihm ab. Oh, wie ich dies alles kannte, dachte ich, oh, wie ich selber dereinst dieser weiblichen Taktik erlegen war, ja, von ihr erlegt worden bin, auf dieselbe, fatale, durchschaubare und doch nicht vermeidbare Weise und, in meinem Rollstuhl sitzend, mit Mühe über den Tellerrand den Löffel balancierend, begann ich zu schwitzen, ein unmerkliches Zittern bemächtigte sich meiner. Ich legte den Löffel hin, indes auch, weil der Erfolgsautor Kai Schwetzing zu sprechen begonnen hatte, seine Stimme zitterte nicht, die Nähe seiner Verlegerin zeigte ihn unbeeindruckt, vielleicht wäre er fremden weiblichen Reizen gegenüber immun, dachte ich, denn das einzige Weib, außer der Verlagserbin des Sauerbier-Verlages, mit dem man ihn bisher öffentlich gesehen hatte und das er in seine Dankesworte stets rührend einzuflechten wusste, war seine eigene Frau Sophie Schwetzing, eine Zahnarzthelferin aus Bischofswerda bei Dresden, eine Frau, die ihren Mann anbetet, dachte ich, vielleicht sogar zu ihm betet, heimlich, in aller Stille und die ihm, wie man sagt, die Krümel aus dem Bett macht, wer weiß - Schwetzing jedenfalls trug seine Rede, halb wie einen Monolog vor oder so als spräche er laut mit der Verlagserbin und die anderen hätten den Vorzug, dabei zuzuhören. *„Die Puffenhofner"* wäre nicht seine beste Preisverleihung gewesen, sagte er, nein, nicht die beste, zunächst die Reise in die tiefste österreichische Provinz, beschwerlich und öde. Je tiefer man nach Österreich hineinkäme, je bergiger und waldreicher es werde, desto schwerer verständlich werde einem der Dialekt, bis man zum Schluss gar nichts mehr verstünde. Was die da für Worte für die einfachsten Begriffe verwendeten, einfach schrecklich, keiner kenne die Bedeutung, dabei sei es doch alles Deutsch, unsere geliebte Deutsche Sprache - wie ein Ausländer käme man sich vor. „Wie ein Ausländer!" wisperte und echote es an der Tafel, „wie ein Ausländer" habe er gesagt, trug man den Ausspruch des Erfolgsautors wie eine stille Post um den Tisch, bis es schließlich zu seiner rechten wieder ankam, das Wort „wie ein Ausländer!" Schwetzing, einen Augenblick irritiert, blickte zu seinem Tischnachbarn, „wie ein Ausländer!" – ach so, rief er und fuhr fort. Ja, also, es sei nicht seine beste Preisverleihung gewesen, wiederholte er, aber immerhin die sechste, und alles wegen dieses einen Buches, wegen eines einzigen Buches. Seiner „Elbebronze" wie er verkürzend sagen wolle. Dieser Preis, *„Der Puffenhofner Literaturpreis"*, das müsse er betonen, sei indes immerhin ganz anständig honoriert. Immerhin! Ein Trost! Schwetzing nannte die Summe nicht, aber wieder stieß man sich an in der Tafelrunde, und wieder begann die stille Post, diesmal mit der Aussage *„ganz anständig honoriert!"*, und sie wurde mit bedeutungsvollem Augenrollen begleitet, denn jeder wusste, mögen die Österreicher ein kleiner Alpenstaat sein, aber Preise honorieren sie anständig, und der sogenannte *„Puffenhofner"* brachte den Preisträgern jedes Mal etwas ein. Dreißigtausend, bestimmt, flüsterte mir mein Nachbar, der bekannte Autor Ephraim Jos Weichling, zu und ich neigte mich zu meinem Nachbarn zur rechten und gab die Zahl, um Fünftausend aufgeschlagen, weiter. Natürlich müsse man, gerechterweise, wie gesagt werden muss, fuhr der Erfolgsautor fort, von diesem Preisgeld ein paar Kosten abziehen, Kosten, die man ohne den Preis nicht gehabt hätte. Da wäre die sogenannte Kostümierung. In Österreich müsse man bekanntlich zu den Preisverleihungen im Trachtenjanker erscheinen. Also habe er sich in Wien auf der Kärntnerstraße in einem Trachtengeschäft entsprechend eingekleidet. Der Laden hieß „Schnadelhupfer" und er sei arglos in den Schnadelhupfer-Trachtenladen hineingegangen, um einen Trachtenjanker zu kaufen. Herausgekommen sei er neben dem Trachtenjanker mit einer Lederkniebundhose, roten Tiroler Kniestrümpfen sowie einem Paar Bergsteigerschuhen aus Boxcalf, auch einen Wanderstock mit Gedenkplaketten aus Silber habe er mitnehmen müssen. Insgesamt ein Vergnügen von fast 2.000 Euro, denn der Schnadelhupfer ist der teuerste Trachtenladen in Wien. Ich hörte Schwetzing von seinem Kleiderkauf reden und dachte sogleich daran, wie ich mich für diesen Festakt hier bei der Verlagserbin des Sauerbier-Verlages eingekleidet hatte. Meine Frau hatte gesagt, ich könne doch unmöglich in dem neuen Verlagshaus zum Festakt in den von ihr gestrickten Pullovern erscheinen und womöglich noch in meinen alten ausgebeulten Cordhosen. Ich solle doch in Berlin zu Hugo-Boss gehen, da gäbe es am Potsdamer Platz ein Geschäft „Mister Andrews", dort könne ich einen neuen Anzug kaufen. Also ging ich zu „Mister Andrews". Wenn man als Behinderter in einen solchen Laden kommt, ist man von vornherein für die Verkäufer ein Ärgernis. Sie mussten Ihre Ladentür weiter öffnen, als sie es sonst taten, nur damit ich mit meinem Rollstuhl herein konnte, sie mussten ein Brett über die Schwelle legen und sie mussten ein paar ihrer Kleiderständer beiseite rücken, damit ich genügend Platz hätte. Alle diese Dienstleistungen hinterließen auf ihren Gesichtern einen deutlichen Eindruck. Und als ich dann meinen Wunsch, einen anthrazitfarbenen Anzug mit umgeschlagenen Hosen, einen sogenannten Doppelreiher, vortrug, schienen sie mich nicht zu verstehen. Nach dem dritten Anlauf endlich rollten sie mich zu einem Wandschrank, in dem derartige Anzüge hingen. Hier ergaben sich mehrere Schwierigkeiten. Ich war ohne Begleitung und daher auf Hilfe und menschliche Stützen angewiesen. Das schienen die Verkäufer zwar zu begreifen, aber sie machten keine praktischen Anstalten. Sie standen um mich herum und holten einen Anzug nach dem anderen aus dem Wandschrank, um ihn vor mir auszubreiten, ließen mich den Stoff befühlen, zeigten mir das Futter, krempelten die Taschen um, drehten an den Hornknöpfen, redeten irgendetwas fachmännisches, aber keiner wollte mir beim Anprobieren helfen, das ja sozusagen die Probe aufs Exempel ist, und natürlich sind auch die Umkleidekabinen nicht für Behinderte konstruiert, keine Griffe an den Seiten, keine Trittstufen. Sie hatten mich in eine solche Kabine geschoben, auf meinen Knien lagen vier oder fünf Anzüge, dann hatten sie den gelben Vorhang hinter mir zugezogen und mich allein gelassen. Einer hatte noch gesagt: Nehmen Sie sich ruhig Zeit! Da saß ich nun und wusste nicht wie ich mir helfen sollte. Ich verfluchte meine Frau, die mir diesen Einkauf empfohlen hatte, dann aber plötzlich keine Zeit hatte, mich zu begleiten. Ich käme schon zurecht, hatte sie gesagt und war zu einer Freundin gefahren. Ich entschied mich, einen der Anzüge, einen in Ötztalsteingrau, mit Umschlägen, einen sogenannten Doppelreiher, ohne ihn anzuprobieren auszuwählen. Ich rief nach den Verkäufern, die sich erst, als ich den gelben Vorhang beiseite gerissen hatte, blicken ließen, und mich sodann rückwärts, wie zu sagen ist, aus der Kabine zogen. Sie fuhren mich, als ich auf den ötztalsteingrauen Anzug gezeigt hatte, ohne weitere Umstände zur Kasse, sie fragten auch nicht, ob ich weitere Wünsche hätte, einen Behinderten muss man so schnell wie möglich loswerden, mochten sie gedacht haben, ein Behinderter schädigt das Ansehen des Ladens, wenn ein Behinderter in einem solchen Laden länger verweilt und die betuchteren Kunden ihn sehen, muss man damit rechnen, dass sie den Laden nie wieder betreten, Behinderte sind in dieser Art

Läden wie Hunde beim Friseur - also wurde ich rasch zur Kasse gerollt, damit ich meiner Kundenpflicht, dem Bezahlen, so schnell wie möglich nachkommen könnte. Einer fragte denn auch: Zahlen Sie bar oder mit Mastercard oder mit Payprime? Ich sah den Kerl entgeistert an: Ich zahle mit meiner Sparkassenkarte - zweitausendfünfhundert Euro in bar? Sparkassenkarte? Ich fing einen Blick ein, als ob ich den Verkäufer eben angebettelt hätte. Es gibt bei uns Kunden, sagte er und parierte meinen empörten Blick, die bezahlen in nichts anderem, als in bar. Ja, vielleicht ein paar Socken, sagte ich, oder ein Gummiband für die Hosen, aber nicht diesen ötztalsteingrauen Anzug. Wir führen selbstverständlich keine Gummibänder für Hosen, antwortete der Verkäufer und sein Gesicht verzog sich, wo ich denn lebe, ich sei hier bei Hug-Boss, da gäbe es keine Gummibänder für Hosen? Gummibänder! Er lachte schrill auf. Dennoch: Erst am gestrigen Vormittag wäre indes ein Kunde hier gewesen, der hätte seinen Anzug, allerdings keinen ötztalsteingrauen, sondern einen engadinfarbenen, cash bezahlt. Immerhin dreitausend Euro! Ich winkte ab, mich widerte das Gespräch an, und das gestylte schwarze Haar, das dem Verkäufer wie einem Igel aus dem Kinderfernsehen vom Kopfe abstand, widerte mich an und die Sprechweise dieses Burschen widerte mich an, mich widerte der ganze Laden auf einmal an und ich dachte, was sich nur hier im Schoße unserer Gesellschaft entwickelt habe, eine Gruppe schamlos dem Gelde dienender, im Grunde vollkommen ungebildeter, verlogener Kreaturen, die mit Menschlichkeit und Wärme nicht das Geringste zu tun hätte und ich stellte mir vor, wie es wäre, wenn man diese gestylten und parfümierten Hugo-Boss-Verkäufer plötzlich in einen Aldi-Markt oder zu Netto oder auf einen Wochenmarkt versetzen würde, ihre ganze Jämmerlichkeit käme mit einem Mal zu Tage - ich drehte meinen Rollstuhl zur Kasse und sah in das violett-rosa-hellblau bemalte Schminkgesicht der Kassiererin. Die hatte unser Gespräch verfolgt, zwangsläufig, wie gesagt werden muss, und sie hielt mich nach ihrem Lächeln offenbar für einen armen Irren. Womit bezahlen Sie nun? fragte sie in unverschämtem Ton. Ihre Finger endeten in dunkelrotgoldenen und bebilderten Fingernägeln, offenbar aufgeklebt, und sie waren so lang, dass ich mich wunderte wie mit derartigen Maulwurfskratzern ein normaler Arbeitsalltag bewältigt werden könnte. Ich wollte raus aus diesem Tempel und zahlte das Geforderte, zu Hause aber, den Karton ausgepackt, sah ich die Bescherung. Ich hatte den Anzug ja nicht anprobiert, und nun, da ich mir umständlich und zeitraubend den Stoff überzog, sah ich, die Hosen waren viel zu lang, sie reichten über die Schuhspitzen, und ich sah clownesk aus. Meine Frau, die auf einmal erschien, lachte sich halb tot und wollte natürlich nichts ändern. Du hast dir wiedermal nicht helfen lassen! Selber schuld. Zum Schluss bin dann immer ich die letzte Rettung.

Schon gut, knurrte ich. Und ich beschloss, den ötztalsteinfarbenen Anzug ungeändert zu tragen, um auf diese Weise, die Festgesellschaft wie auch meine Frau gleichermaßen zu brüskieren; man rächt sich ja oft an den Leuten und merkt gar nicht, wie man sich selber schadet, man zieht im Winter keine Handschuhe an, nur um der eigenen Frau zu zeigen, dass einem die vorhandenen nicht gefallen oder man geht ohne Kopfbedeckung, weil man jünger und dynamischer als die eigene Ehefrau wirken will und nimmt dann einen Schnupfen oder Ärgeres in Kauf, man tut Tausend Dinge aus Trotz, aber diejenigen, die man ärgern will, die merken es nicht oder lachen sogar heimlich darüber; und so ging auch ich, wenngleich im Rollstuhl sitzend und auf diese Weise manches verdeckend, im viel zu langen Anzug, die Hosenbeine bedeckten die Schuhe und mancher mochte denken: der arme Kerl hat zu allem Unglück noch verkrüppelte Füße. Die Ärmel, weil auch die zu lang waren, hatte ich umgeschlagen, und, weil das nicht viel half auch noch an den Oberarmen gerafft - ich, eine Schlottergestalt, das Urbild eines für einen so teuren Anzug zu kurz geratenen und nicht geeigneten Menschen...

Zwei Plätze weiter saß Brigitte Konschareff, eine neue Ingeborg Bachmann, wie sie von sich dachte und wie sie in diesem Denken von der Verlagserbin und ihren Werbespezialisten andauernd bestärkt wurde, ständig verzog sie ihre wulstigen, blutroten Lippen, und man konnte nicht ausmachen, ob sie geschminkt oder dieses dunkle Rot ihre natürliche Lippenfarbe wäre, in Wahrheit aber war sie eine ganz und gar gewöhnliche, ja beinahe bäuerliche Person mit derben Gesichtszügen, großen, zerkratzten Händen und einer ausladenden Figur, und ihre Gedichte wirkten auf mich abgeschmackt und spießig, zeitlebens hatte sie ihre persönlichen unbewältigten Befindlichkeiten in ihre Gedichte gegossen, so dass ihr bisheriges Lebenswerk, das einen Umfang von mehreren Bänden hatte, ein widerlicher Brei unverdauten kleinbürgerlichen Kitschs war, und ich glaubte, wenn sie, die jetzt Dreiundfünfzigjährige, dereinst Siebzig Jahre alt geworden wäre, bade sie noch immer in ihren alten Konflikten aus Mädchenphantasien, aus Erinnerungen an das Großväterchen und das Großmütterchen, läge sie im großelterlichen Vorgarten zwischen Blumen und gemähtem liegengelassenem Gras und sinniere über russische Soldaten, weil das offenbar die ersten Männer gewesen waren, denen sie begegnet war, an Vaters statt, denn dieser war im Krieg geblieben. Und ich erinnerte mich, es war schon vorgekommen, dass die Konschareff, nach dem zweiten Glas Sekt in speicheltriefendem Eifer herumposaunt hatte, sie schreibe ja noch besser als die Bachmann, sie könne der Österreicherin nicht nur das Wasser, sondern jedes Getränk reichen und ich, der ich gelegentlich auf die Peinlichkeiten der Kollegen gespannt bin so wie ich die eigenen selten bemerke, und nur am Feixen der Kollegen meine Verfehlung erahne - ich wartete, dass die Konschareff auch dieses Mal wieder sich auf solche Art erhöhen würde. Das erste Glas Sekt hatte sie schon vor dem Essen getrunken, das zweite stand vor ihr...

Und der Erfolgsautor redete weiter, inzwischen waren die Suppenteller abgeräumt worden, und die Bedienten trugen das Werkzeug zum Hauptgang herein, silberne Gabeln und Messer, Fischgabeln, Tranchiermesser, Kompottlöffel, Servietten, Gläser aus geschliffenem Kristall, Stapel von Tellern verschiedenster Größe. Mir fiel auf, dass sie betont leise und vorsichtig auftraten, um den Redner nicht zu stören. Sie schlichen auf Zehenspitzen und mir schien, als ob die Brokovic darüber wachte, denn ihre Augenbrauen zogen sich jedes Mal zusammen, wenn es ein störendes Geräusch gab. Sie fixierte dann den Betreffenden und jener schlich gebeugt und schuldbewusst nach draußen. Man hatte angekündigt, dass jetzt noch vor dem eigentlichen Hauptgang, sogenannte *„Arambasiĉi"* aufgetragen würden, ein angebliches kroatisches Nationalgericht, Sauerkrautröllchen im Schinkenspeckmantel – der Einfluss der Brokovic bis in unsere Mägen hinein war für sich genommen schon unerträglich, und nun wurde, um die Unerträglichkeit noch zu steigern, hinzugefügt, dieses Gericht habe der Erfolgsautor sich von seiner Verlegerin für den heutigen Abend gewünscht - eine Verneigung vor ihrer kroatischen Herkunft. Sauerkraut für einen Festakt, ein Sauerkraut-Festakt zu Ehren Kai Schwetzings – das war zu viel! Sauerkraut! Die deutscheste aller Speisen. Kein Wunder, waren doch die Kroaten schon immer besondere Deutschfreunde gewesen. Die *„Arambasici"* wurden hereingetragen, eine endlose Reihe von Tellern von einer endlosen Reihe verkleideter Köche. Nach kurzer Zeit lag ein Teller mit *„Arambasici"* vor einem jeden Festgast. Alle Gesichter wandten sich dem Erfolgsautor zu, der das Zeichen geben würde, und er gab das Zeichen, er hob seine Gabel. Das Sauerkrautessen begann. Indessen, während er sein Kraut gabelte, redete er weiter. Seine *„Neuen Nibelungen",* sprach er, wären sein Lieblingsprojekt, sein ganzes Leben lang habe er von diesem Werk geträumt, das er nun zu erschaffen imstande wäre, auch, weil ein Verlag wie der berühmte Sauerbier-Verlag ihm dazu Vertrauen und Unterstützung gäbe, und er neigte seinen Kopf zur Verlagserbin, die sein Nicken lächelnd erwiderte; doch, da sie beide sozusagen „essend" sprachen, geschah es, dass ihnen ein paar Sauerkrautfäden ihres *„Arambasici"* in den Mundwinkeln hängen blieben. Ich dachte an die Nudel des Loriot und konnte ein Auflachen gerade noch verhindern. Aber auch andere schienen diesen Gedanken zu haben, sogar die Konschareff wirkte belustigt, obwohl sie selber, wie ich aus den Augenwinkeln sah, mit einem Sauerkrautfädchen zu kämpfen hatte. Die Romanfolge, da wäre er sicher, fuhr der Erfolgsautor fort, würde, wie schon der erste Band, auf alle Fälle ein Erfolg, und allein schon deshalb wäre es sein Lieblingsprojekt. Kaum würde ein Buch, sagte er, ein Erfolg, schon würde es zu einem Lieblingsprojekt des Autors, das sei ja wie ein Automatismus, so wie die „Buddenbrocks" das Lieblingsprojekt des Thomas Mann, und „die verlorene Zeit" das des Proust, oder „Krieg und Frieden" des Tolstois liebstes

Kind gewesen wären, so wäre jedes erfolgreiche Buch das Lieblingsbuch des Autors... allerdings gelänge das nur, wenn man einen Verlag wie den Sauerbier-Verlag im Rücken hätte. Und er hätte ja schon damals, sprach er weiter, damals im Stasi-Knast nur deshalb diese harte Zeit überstanden, weil ihn ein Sauerbier-Buch begleitet hätte, in den Nächten auf der harten Pritsche habe er gebetet, das Schicksal möge ihn, wenn er einst ein Schriftsteller geworden wäre, in die Hände dieses Verlages führen – und, wie man weiß, ergänzte er mit Pathos: Auf das Schicksal ist Verlass! Schwetzing machte eine Pause, um sein *„Arambasici"* aufzuessen, da ergänzte die Brokovic ihren Autor, indem sie sagte, oh ja, sie kenne die Leiden ihres Autors und auch sie glaube an seinen Erfolg und ihr Haus wolle alles dafür tun. Als ich diese Worte hörte, hätte ich mich beinahe verschluckt, beim letzten Bissen meines *„Arambasici",* denn ich wusste, was es heißt, „ihr Haus wolle alles für den Erfolg" tun. Keiner wusste es besser, wie gesagt werden muss, als einer wie ich, und fast tat mir der junge Schwetzing leid. Aber dann fiel mir ein, wie es Kai Schwetzing damals wirklich ergangen war, und er tat mir nicht mehr leid, denn ich kannte seinen Werdegang genau. Ich wusste, dass es keinen besseren Dichter seines Lebens gibt wie diesen Schwetzing, und wie es der Sauerbier-Verlag verstanden hatte, die Biografie seines Erfolgsautors zurechtzuschleifen. Denn auch mit mir hatte man dieses, Jahre vorher, schon praktiziert. Aber, meine Herrschaften, was nützen einem die besten Bücher, sagte indessen die Brokovic, und alle Festgäste hingen, wie gesagt werden muss, an ihren vollen, roten Lippen, was nützen einem die besten Bücher, wenn man keinen Autor hat, den man vorzeigen kann. Und sie deutete mit ihrer ringgeschmückten Hand auf Schwetzing. Nur ein vorzeigbarer Autor ist ein guter

Autor. Ein Autor ist wie ein Schauspieler, der das Stück erst vorzeigbar macht. Und man weiß: Nur ein guter Schauspieler taugt etwas, ein schlechtes Buch, ein schlechtes Stück ist nichts gegen die Wirkung eines guten Schauspielers. Die Show ist das eigentliche, meine Herrschaften, es geht nur um die Show! Und schließlich das Wichtigste: Was hat man von den größten Genies der Literatur, wenn es nicht grandiose Verlage gibt, welche die Autoren wie die Kaninchen aus dem Hut zu ziehen vermöchten. Ein Buch wird erst lebendig, und im eigentlichen Sinne ein Buch, wenn es durch einen Verlag in die Öffentlichkeit gebracht wird. Ohne Verlage keine Bücher – eine Binsenweisheit ja, ja, das heißt aber: Ohne Verlage gibt es keine Literatur. Und genauso verhält es sich mit den Autoren – ohne Verlage keine Autoren. Jeder Autor ist ein Produkt seines Verlages, sagte die Verlagserbin, sie lachte in ordinärster Weise und ihre roten Lippen sahen wie die eines Clowns aus – nein, es gibt keinen Autor an sich, so wie es kein Genie an sich gibt oder etwa Literatur an sich... Die Brokovic machte eine Pause und ergriff ihr Sektglas. Wollte sie etwa auf ihre Worte anstoßen lassen? Sollten wir zu diesen Worten „Prost!" sagen, dachte ich, zu dieser Ermächtigungserklärung unseren Segen geben? Eine Perversität, dieser Festakt. Eine öffentliche Demütigung für uns alle, dachte ich. Schwetzing aber pickte die Reste seiner Sauerkraut-Mahlzeit mit der Gabel auf, er wirkte versunken oder verspielt wie ein kleines Kind, das seinen Teller abisst. Er schien die Worte seiner Verlegerin gar nicht gehört zu haben, während wir, die Festgäste, jedes Essen aufgegeben hatten und voller Spannung warteten, was er, der Erfolgsautor, jetzt darauf sagen würde. Man kannte seinen Egozentrismus, seine beinahe ins Krankhafte gesteigerte Selbstsucht. Wie würde er reagieren? Würde er sich öffentlich unterwerfen? Gäbe es eine sensationelle Wende, wollte die Verlegerin ihrem Erfolgsautor in aller Öffentlichkeit zeigen, wer hier der Koch und wer der Kellner wäre? Oder war es nur abgesprochene Taktik zwischen den beiden? So, wie es schon oft geschehen. Wollten sie uns etwas vorspielen? Meinungen hervorlocken? Einfach nur provozieren? Ich sah die Presseleute auf ihren Stühlen sitzen, mit offenen Mündern, die Voice-Recorder bereit, wie sie lauerten, einer tollen Meute gleich, der man einen großen Röhrenknochen in den Käfig geworfen hat. Eine unglaubliche Spannung lag auf einmal über dem Festakt, eine Spannung, mit Händen zu greifen, eine Spannung, entzündbar wie ein Benzingemisch, eine Spannung, die mich meinen eigenen alten und neuen Ärger vergessen ließ. Vorsichtshalber löste ich die Bremse meines Gefährts, gab dem Atzengräber ein Zeichen, um für alle Fälle, ja für jeden Fall, bereit zu sein. Doch der Erfolgsautor, der sich in dem Augenblick zurückgelehnt hatte wie er mit seinem *„Arambasici"* fertig geworden war, sagte nichts zu den Ausführungen seiner Verlegerin, sondern er sprach, nachdem er sich mit einer Serviette den Mund und das Kinn abgewischt hatte und nachdem er mit der Zunge einmal rund um seine Lippen gefahren war, er sagte, wobei er die Hände genießerisch vor dem Bauch faltete, er habe das *„Arambasici"* immer sehr gern gegessen, besonders das *„Arambasici"* von der Insel Fvar, die kurz Split liege, besonders dieses *„Arambasici"* liebe er besonders, und die Brokovic antwortete, ihn unterbrechend, dass sie selbstverständlich nur das echte *„Arambasici"* von der Insel Fvar aufgetischt hätte, das sei eine Selbstverständlichkeit, niemals käme ein anderes *„Arambasici"* auf ihren Tisch als das *„Arambasici"* von der Insel Fvar. Das *„Arambasici"* von der Insel Fvar sei das beste *„Arambasici"*, das sie kenne, es sei das authentischste *"Arambasici"*. Darauf sagte Schwetzing, und zwar ohne irgendeinen Übergang und auch, ohne auf die Herkunft des aufgetischten und soeben verspeisten *"Arambasici"* einzugehen, dass er sich seit einigen Tagen wegen der Arbeit am Folgeband seiner „Neuen Nibelungen", dessen Arbeitstitel, so viel könne er verraten, *"Die Bronzeschmelze"* laute, auf einen Berg im Sächsischen Elbsandsteingebirge zurückgezogen habe, und zwar auf den Pfaffenstein, und zwar den Pfaffenstein ganz bewusst, weil dort keinerlei Gastronomie wie auf den anderen bekannten Gipfeln des Sächsischen Gebirges vorhanden sei, und man daher den totalen Konsumverzicht üben müsse, und auch weil er diesen Berg, bevor er sich schreibend zurückzöge, zuerst einmal bezwingen müsse. Vor der Schreibarbeit käme so jedes Mal eine Klettertour, und er sage, nur, wer einen Berg erklimme, könne sich wirklicher geistiger Arbeit widmen. Dort oben im Sauerstoffmangel kämen einem die Gedanken wie von selbst, er schriebe unter Luftnot am liebsten. Und im Rucksack müsse man wegen der nichtvorhandenen Gastronomie naturgemäß alles mitschleppen: Trinkbares, Essbares, natürlich das Schreibzeug, warme Socken und eine Mütze, einen Schal und selbstverständlich Toilettenpapier und gerade letzteres sei besonders wichtig, denn er habe festgestellt, dass seine Verdauung in der Höhe besonders gut funktioniere, wo er sonst... er brach ab, vielleicht, weil er einsah, dass dieses Thema nicht unbedingt ein Festaktthema wäre. Und ich, wie alle anderen Festgäste, warteten noch immer, dass er endlich auf die Rede seiner Verlegerin eine Entgegnung vorbrächte, wir hatten ihm unsere Köpfe zugewandt und warteten, wie zu sagen ist, mit Ungeduld. Aber der Erfolgsautor tat uns nicht diesen Gefallen. Er sprach weiter und sagte, er habe ja schon immer am liebsten vor dem offenen Fenster geschrieben, und seine Entscheidung für den Pfaffenstein sei ja überhaupt die radikalste Fensterlösung, die es gäbe, denn offener könne ein Fenster ja nicht, als wenn man sich in der freien Natur befände. Früher habe er beim Schreiben einen bestimmten Rhythmus eingehalten, so sei er am Morgen von neun Uhr bis gegen elf in seinem Schlafzimmer mehr oder weniger hin und hergelaufen, dabei habe er sich seinen Text vorgesagt, wie ein Schauspieler seine Rolle, selbstverständlich mit lauter Stimme, was, als er noch unverheiratet gewesen war, leichter gewesen sei, als jetzt, da er verheiratet sei. Dann habe er diesen Text, den er sich weiter laut vorgesagt habe, von elf Uhr bis gegen Viertel vor ein Uhr aufgeschrieben, und zwar von Hand mit einem Federhalter. Nur wer seinen Text von Hand aufschreibt, sei ein richtiger Schriftsteller, alle anderen, die sich etwa eines Computers oder anderer diesbezüglicher Hilfsmittel bedienten, wären Abartige, Dekorationsmaler statt Kunstmaler, Steinmetze statt Bildhauer, Musikboxbediener statt Musiker. Seinen Text anders als mit der Hand aufzuschreiben, sei ekelhaft, sagte er, und, wenn er seinen Text vorher 2 oder 3 Stunden aufgesagt habe, und zwar, wie er gesagt habe, im Schlafzimmer auf und ab gehend, dann schreibe er ihn fehlerfrei nieder. Andere Kollegen schrieben mit Fehlern und falschen Bildern sprachlichen Ungenauigkeiten, er aber, durch sein Vorhersagen, wäre präpariert wie ein Schauspieler, der seine Rolle auswendig kenne, er habe seinen Text immer vollständig im Gedächtnis, während mancher Kollege den eigenen Text noch nicht einmal fehlerfrei ablesen könne. Das sei die Wahrheit. Apropos Lesungen – und nun begann der Erfolgsautor über seine Lesungen zu reden. Immer noch, und so hielten sie, die Brokovic und der Schwetzing, die Festgäste unter Spannung, denn ich zweifelte inzwischen keinen Augenblick, dass alles zwischen Verlegerin und Erfolgsautor ein abgekartetes Spiel wäre, immer noch also hatte er kein Wort, worauf alle Festgäste mit Spannung warteten, kein Wort auf die Ausführungen der Verlagserbin gesagt. Was, dachte ich, würde uns da noch erwarten? War das Ganze etwa eine riesengroße Verarschung? Ein überdimensionaler Klamauk? Eine Inszenierung der übelsten Art? Und ich begann diesen Festakt aus tiefster Seele zu verabscheuen. Warum nur, dachte ich verzweifelt, wäre ich schwach geworden und zu diesem verfluchten Festakt gekommen, wo ich doch schon den richtigen Entschluss gefasst hatte, warum nur hatte ich die zerrissenen Schnipsel der Einladung wieder zusammengeklebt, warum bin ausgerechnet ich der Brokovic in den Weg gelaufen und daraufhin sofort schwach geworden, warum, warum, oh ich... und ich bedachte mich im Stillen mit den schlimmsten Verwünschungen.

Auf einmal sagte der Erfolgsautor mit einem kleinen Schnaufer: Ja, die Schriftstellerei sei schon ein schweres Brot! Und er sagte es so, als ob er eine Zäsur machen, auf ein anderes Thema umleiten wolle oder irgendwie in Verlegenheit sei. Da sagte die Brokovic an alle gewendet, jetzt käme der Hauptgang, Pljeskavici, kleine Fleischspießchen mit Sauerkraut, ebenfalls aus ihrer Heimat, und sie wünsche guten Appetit. Ein allgemeines Gemurmel entstand, das vor allem dem Umstand galt, nun schon wieder Sauerkraut essen zu müssen, und ein Witzbold, ich konnte nicht ausmachen, wer es gewesen war, fragte, ob sie nicht etwa ein großes Fass Sauerkraut im Keller hätten. Die Brokovic antwortete darauf nicht, sie fing von etwas anderem an und sagte, es sei doch bedauerlich, dass dem lieben Herrn Schwetzing, auf der Herfahrt sein bekanntes rotweißes Fleischermützchen, das er sich zu seinem Markenzeichen erkoren habe, abhanden gekommen sei. Schwetzing nickte dazu traurig und bestätigte den Verlust, er wisse wirklich nicht, ergänzte er, wie das passieren konnte, womöglich sei das Mützchen ihm gestohlen worden. Oh gestohlen! echote es um die Tafel, und der bekannte Rezensent Jens Theodor Heese, bei dem die stille Post stecken geblieben war, versuchte irgendeine sarkastische Bemerkung, aber sie gelang ihm nicht, seine Nachbarn und die gegenüber Sitzenden wussten nicht, ob sie ihm zustimmen oder ablehnen sollten, und mir fiel ein, wie der Heese in seinem Leben schon beinahe alles gegen die Wand gefahren hatte. Er hatte Mikrobiologie studiert und war gescheitert, dann hatte er ein Theologiestudium begonnen und war exmatrikuliert worden, als nächstes hatte er es mit Lebensmittelchemie versucht und war gescheitert, auch weitere Studienversuche so in Verfahrenstechnologie, Mathematik und Pädagogik waren gescheitert, nach der Wende, da zählte Heese immerhin schon Fünfunddreißig, setzte sich sein Scheitern fort. Er arbeitete als Vertriebsleiter bei einem Schulbuchverlag und scheiterte, er scheiterte ebenso als Restaurantleiter, Kellner und Immobilienverkäufer, man jagte ihn als Beleuchter beim Anhalter Theater, als Taxifahrer und als Bootsführer auf einem Fährboot auf der Spree, davon - überall musste er auf halbem Weg kehrtmachen. Und immer sind es seine angeborene Besserwisserei, seine Streitsucht und seine renitentes Verhalten gewesen, die seine Mitmenschen und die Kollegen nicht mehr aushalten konnten. Schließlich entschloss sich Heese als freischaffender Rezensent sein Geld zu verdienen. Und da er seinen Hass auf die Welt, der ihm angeboren schien und den er sich durch nächtelanges Studium der Philosophie Friedrich Nitzsches vervollkommnet sowie seine Niederlagen wie eine chronische Krankheit weiterentwickelt hatte, schrieb er hasstriefende Rezensionen, Artikel von solcher Boshaftigkeit, das manche sagte, der Teufel führe ihm den Stift. Freilich handelte er sich dadurch Ärger und sogar ein paar Klagen ein, doch diese Art war zugleich seine Art Alleinstellungsmerkmal, und man begann ihn, wie ein seltenes Relikt oder einen Exot zu betrachten. Ein paar schmunzelten über ihn, andere benutzten ihn wie eine Waffe. Auch ich war von ihm schon hasstriefend, wie zu sagen ist, rezensiert worden, aber es hatte dem Absatz des Buches nicht geschadet, und so verzieh ich ihm, wie auch die anderen ihm verziehen, und Heese war mit der Zeit zu einem Teil des Literaturbetriebes geworden. Er saß mir gegenüber und ich beobachtete seine kleiderbügeldürre Gestalt, seinen Kahlkopf und seine kleinen, bösen Iltisaugen. Oh, das Mützchen hat er verloren, der Arme, sagte er gerade und zog eine abstoßende Fratze. Er fing einen strafenden Blick der Verlagserbin ein und schwieg betroffen. Schadenfrohe Gesichter ringsum ließen erkennen wie unbeliebt der Heese und wie groß die Macht der Verlagserbin war. Vielleicht, warf einer an der Tafel ein, es war Peter-Ralf Sundlikat, ein Kurzgeschichtenschreiber und Drehbuchautor, vielleicht sei die rotweiße Kappe von irgendwem irgendwo abgegeben worden. Vielleicht werde sie in einem Auktionshaus versteigert. Rührend! Wie rührend, als ob es irgendeinen Finder dieser Kappe gäbe, als ob sich irgendein Auktionator trauen würde, diese Kappe öffentlich zu versteigern, antwortete die Brokovic lachend, wir wissen doch alle, wer diese Kappe findet, der hat eine Reliquie gefunden, seit der Verleihung des Friedrich-Hassbacher-Preises kenne jeder im Lande diese rotweiße Mütze und ihre symbolische Bedeutung, sie sei literarisches Allgemeingut und jeder identifiziere diese Kappe sofort mit herausragender deutscher Literatur, diese Kappe und die deutsche Gegenwartsliteratur seien seit dem Friedrich-Hassbacher-Preis ein und dasselbe, so wie es damals der Strohhut des Herrmann Hesse oder die Tabakspfeife von Max Frisch gewesen waren, nein, die rotweiße Mütze ihres Autors Schwetzing sei verloren, rief die Brokovic und ihre Stimme klang keineswegs traurig, auf immer verloren. Jawohl! Und die Tafelrunde nickte zustimmend und es echote ringsum „Verloren! Auf immer verloren!" Und wer hätte nicht schon einmal einen persönlichen Gegenstand von symbolischem Wert verloren, sprach die Verlagserbin weiter, sie selber habe die Manschettenknöpfe ihres verstorbenen Mannes, des unvergessenen Sauerbier, vor zwei Jahren verloren, plötzlich und unauffindbar, kurz nach seinem Tod verlor sie die goldenen Manschettenknöpfe, und gerade an jenem Tag, wäre er am Leben geblieben, als sie den fünfzehnten Hochzeitstag gefeiert hätten. Sie habe über seinen alten Sachen gesessen und überlegt, was auszusondern sei und was von Wert aufbewahrt werden sollte, und da habe sie die Manschettenknöpfe wahrscheinlich in die falsche Kiste getan, zu den alten Schlipsen, Fliegen und persönlich gewidmeten Geschenken ehemaliger Autoren. Wozu habe sie gedacht, solle sie die alten Geschenke, ganz persönliche Unikate von zum großen Teil schon verstorbenen Autoren und Verlegerkollegen, wozu all dieses Dinge aufheben, sie lägen ja nur im Wege herum. Und wahrscheinlich seien ihr da mitten im Nachdenken die alten Manschettenknöpfe, die sie eigentlich hatte aufheben wollen, unter den alten Kram geraten. Doch dann, als die Müllfirma gekommen war, da wäre es zu spät gewesen. Ja, solche Dinge passierten eben – ich aber in meinem Rollstuhl am Tisch mit den Festgästen dachte, dass sie sicherlich auch mein Geschenk, das ich meinem Freund Sauerbier zu seinem fünfundsiebzigsten Geburtstag geschenkt hatte, eine goldene Tabatiere mit einem eingravierten Dreizeiler von mir, in den Müll geworfen habe. Ja, so gehe sie mit der Vergangenheit um, dachte ich und mein Blick fiel auf den Erfolgsautor, der aufmerksam zugehört und dabei seine polierten Fingernägel betrachtet hatte. Auch der wird bald vergessen sein und in den Müll geworfen, mitsamt seinen „Neuen Nibelungen" und irgendein Neuer wird auftauchen, der vielleicht schon jetzt hier mit herumsitzt und noch nichts von seinem künftigen Ruhm ahnt. Ich blickte mich um, aber ich sah keinen Verdächtigen, nur die heuchlerisch interessierten Gesichter der Tafelrunde. Ja, sagte die Brokovic, wir lassen alle mal was liegen oder uns kommen liebgewordenen Gegenstände abhanden, so sei das Leben, das wisse man doch - so habe sie einmal vor acht Monaten eine ihrer schwarzen Persianerkappen auf der Toilette im Frankfurter Römer liegen lassen, sie habe sich die Haare nach dem Toilettengang ordnen wollen und dabei die Kappe neben sich auf eine der Spiegelablagen gelegt, und dann, nach dem Frisieren, sei sie aus der Toilette gegangen und habe mit keiner Silbe, wie man sagt, an ihre 5.000 € teure bei „Herolds" in London gekauften Kappe gedacht. Ein paar Minuten später habe man sie darauf angesprochen, wo denn ihre Kappe sei, und sie sei sofort auf die Toilette gestürzt. Aber die Kappe sei verschwunden gewesen. Die Toilettenfrau hat von nichts gewusst und ihr sei nichts aufgefallen. Sie habe noch gehofft, dass man ihr die Kappe zuschicke oder dass sie im Theaterfundus landen würden. Doch die Kappe wäre verschwunden geblieben. Vielleicht gäbe es jetzt irgendwo eine Verrückte, die vor dem Spiegel mit ihrer Kappe hin und her gehe und sich einbilde, sie sei die Brokovic und habe einen Verlag geerbt, genauso wie auch irgendein alberner Kerl irgendwo hier in Berlin Schwetzings Fleischermützchen trüge. Vielleicht der Taxifahrer, der den Autor hierher gefahren habe. Ein Taxifahrer mit einem Fleischermützchen, was für eine Idiotie, schon allein die Vorstellung sei unvorstellbar. Doch der Autor Schwetzing, neben seiner Verlegerin, schüttelte heftig den Kopf. Im Taxi sei es nicht gewesen, sagte er, da habe er die Mütze noch gehabt, er sei mit der Mütze auf dem Kopf ausgestiegen. Sie müsse ihm hier im Hause abhanden gekommen sein, ja hier im Hause, rief er plötzlich einen Ton lauter, so als sei er sicher, jetzt das Richtige gefunden zu haben. Hier im Hause? In meinem Hause? rief die Verlagserbin, das könne unmöglich sein. In ihrem Haus verschwänden keine Mützen. Manchmal mache sich ein ganzes Manuskript unsichtbar, oder wenigstens ein paar Manuskriptseiten, das könne wohl sein in einem Verlagshaus, aber eine Mütze, noch dazu die ihres Erfolgsautors, das gäbe es nicht. Da meldete sich der Journalist Heese, er hob wie in der Schule die Hand und die Brokovic konnte nicht verhindern, dass er zugleich mit dem Handheben den Mund öffnete und sagte: Man erinnere sich noch des Falles des Krimiautors Hubertus Greeseberg, auch der habe eines Tages seine Mütze, durch die er in Ihrem Verlag bekannt geworden war, so eine rote mit einem Fähnchen an der Seite, ja, nicht etwa durch seine Bücher, nein durch sein Mützchen wäre er zu dem geworden, als den man ihn kannte, dieser Greeseberg habe seine rote Mütze, Kommunardenmützchen habe man in Fachkreisen dazu gesagt, habe sein Kommunardenmützchen also, er trug es seit der 68iger Bewegung, habe es verloren, und man sagte damals, er habe dieses Mützchen noch im alten Verlagshaus in Frankfurt verloren. Die Brokovic verfinsterte ihr Gesicht, drohend zeigten sich Falten auf der Stirn, in ihren Augen zuckten Blitze. Ja, meine Herrschaften, ereiferte sich Heese, der seine Stunde für gekommen ansah, im alten ehrwürdigen Frankfurter Haus wäre das gewesen. Und er soll gesucht, aber nicht gefunden haben, tagelang, wie gesagt wird. Ohne seine Mütze wäre er seiner Identität beraubt, habe der Greeseberg gesagt, und dann eines Tages habe man ihn erhängt gefunden, im Schneideraum, neben der großen Papierschneidemaschine, wo die Druckseiten beschnitten wurden, erhängt und blau soll seine Zunge ihm aus dem Mund gequollen sein. Das wäre nicht wahr! schrie die Brokovic, nicht im Schneideraum. Gut, also nicht im Schneideraum, sagte Heese, jedenfalls aufgehängt hat er sich, der Greeseberg, völlig demoralisiert und seiner Identität beraubt, ein gebrochener Mann. Normalerweise seien Autoren, namentlich Krimiautoren keine Selbstmördertypen, redete Heese weiter, aber, wenn man bedenkt wie viele Autoren sich schon umgebracht haben, namentlich solche des Sauerbier-Verlages. Talentiert! Durchaus talentiert, das Zeug zum Großschriftsteller, und dann bringen sie sich um. Ich hatte gerade ein Interview mit ihm gemacht, noch im alten Verlagshaus, in der Pförtnerloge, ich war der letzter, der mit ihm geredet hat, der ihn lebend gesehen hat – Heese seufzte - er ist in meine Parallelklasse gegangen. Ein alter Klassenkamerad. Oh ja, die Besten bringen sich um. Und heute? Heute hat wieder einer seine Mütze verloren. Ein schlimmes Omen. Heese brach ab und er ließ offen, was er mit heute und mit einem schlimmen Omen gemeint hätte. Eine seltsame Stille war im Raum, nur ein paar Einzelne klapperten mit ihren Tellern. Der junge Atzengräber atmete mir aufgeregt ins Genick. Gleich passiert was! stieß er leise hervor.

    Und da geschah es! Die Brokovioc war aufgesprungen und kam jetzt polterndem Schrittes, wie gesagt werden muss, und unter Verlagerung ihres gesamten und durchaus beträchtlichen Körpergewichtes auf ihre hochhakigen

Schuhe, auf den schwadronierenden Heese zu. Sie postierte sich vor ihm wie eine Kartenabreißerin im Kino, die einen unrechtmäßigen Kinobesucher entdeckt hat, ihre schwarzen Haare standen ihr wie elektrisiert vom Kopfe ab, die Persianerkappe hatte sie abgenommen. Schrecklich sah sie aus, wie eine Furie brüllte sie: Schluss jetzt! Und dann, als der Heese Anstalten machte weiterzureden, schrie sie in höchsten Falsetttönen: Raus!! Und der Heese stand tatsächlich auf, verneigte sich schüchtern vor der Verlagserbin und ging schweigend aus dem Saal, gefolgt von allen Augen.

Die Türe flog zu, die Verlegerin ging zurück zu ihrem Platz.

Kaum hatte sie sich gesetzt und an ihrem Weißweinglas genippt, als der Erfolgsautor ihr die Schulter tätschelte und wie ein Kater schnurrte, er sei jetzt sicher, er habe sein rotweißes Mützchen doch nicht hier im Hause verloren, es sei ihm schon vor dem Einsteigen in das Taxi abhanden gekommen, ganz sicher wisse er das, denn der Taxifahrer, daran erinnere er sich jetzt plötzlich wieder, habe ihn gefragt, wo er denn seine bekannte Mütze gelassen hätte, man kenne ihn doch in ganz Deutschland an seinem Mützchen, und, habe der freundliche Berliner Taxifahrer weiter gefragt, was es denn mit dem Mützchen für eine Bewandtnis habe, und da habe er, sagte Schwetzing und reckte sich, um anzudeuten, seine Erzählung habe jetzt für alle Bedeutung, da habe er, wiederholte der Erfolgsautor, dem Taxifahrer seine Mützengeschichte erzählt... Ach, bat nun die Verlagserbin, ach bitte, lieber Herr Schwetzing, erzählen Sie uns doch auch diese Geschichte. Es gibt hier viele Leute, die sie noch nicht kennen, bitte, bitte... und ein paar von den Festgästen an der Tafel murmelten gleichfalls: Ach bitte, ach bitte, erzählen Sie sie uns doch die Mützengeschichte...

und so erzählte Kai Schwetzing die Geschichte seiner Mütze, und die Runde blickte verlangend zu ihm und es gab sogar welche, die wollten mitschreiben, so eine Geschichte, wie die Geschichte von der Schwetzingschen Mütze, so eine Geschichte hört man nicht alle Tage.

Ich aber kannte die Geschichte, hatte sie schon ein paar Mal gehört und mindestens genauso viele Male gelesen, und ich war nur gespannt, in welcher Ausschmückung wir sie heute zu hören bekämen. Der Erfolgsautor setzte sich zurecht, einer neben ihm war aufgestanden und half ihm den Stuhl wie ein Oberkellner näher an den Tisch zu rücken, ein anderer räumte Gläser und Teller beiseite, denn man wusste wie ausladend Schwetzing erzählte, ein dritter goss dem Autor dienstfertig ein Glas Wasser ein – alles dies geschah unter den wohlfälligen Blicken der Verlagserbin, die siegessicher ob der Wirkung des Ganzen wirkte.

Also, begann Schwetzing mit einem Räuspern und indem er seine Arme, einem Märchenerzähler aus dem Morgenlande ähnlich, weit ausbreitete, also es begab sich aber zu der Zeit - nachdem ich über sieben Jahre überhaupt nichts und dann, nach meinem allerersten Preis, dem „Inge-Koschmidder-Preis", wo ich einen eigens dafür erarbeiteten Wettbewerbstext „Das Spiel der Waage" eingereicht hatte, in 12 monatiger Tag- und Nachtarbeit „Die Elbebronze" geschrieben hatte, war ich ausgelaugter als ein fünfmal aufgebrühter Teebeutel. Schwetzing lächelte über seinen Witz und wurde wieder ernst, als er sah, dass keiner mit ihm lächelte. Und, ich saß an meinem Fenster, fuhr der Erfolgsautor fort, brütete über meiner Zukunft, die damals trostloser denn je schien, denn ich hatte keinen richtigen Verlag... Gemurmel erhob sich unter den Festgästen – Oh, der Arme, er hatte keinen richtigen Verlag! Der Arme! Ach! Bah! Dabei war er doch, wie jeder weiß, zu dieser Zeit bei Blohm & Wohlt – doch die Verlagserbin lächelte maliziös, denn sie kannte die Umstände, wie sie den Schwetzing von Blohm & Wohlt fortgelockt hatte, es war ihr erster größerer Coup nach dem Ableben ihres Mannes, und auch ich kannte sie, diese Umstände, das dachte ich in meinem Rollstuhl, denn es war die Zeit, wo ich noch, mit einem halben Bein, wie gesagt werden muss, im Sauerbier-Imperium stand. Ich war ein Grübler und Niedergeschlagener geworden, fuhr Schwetzing, mich aus meinen Gedanken reißend, fort, ein mit hängendem Kopf auf den Elbwiesen und im Moritzburger Waldgebiet Umherlaufender, der zusehends abmagerte und mit dem Gedanken spielte, das Schreiben ganz aufzugeben. Ich wollte sogar wieder in meinen alten Beruf zurück, wollte wieder als Fleischbeschauer arbeiten, Schweine- und Rinderhälften abstempeln, den Blutgeruch und den Dunst der Brühkessel auf den Schlachthöfen riechen, und abends todmüde ins Bett fallen. Doch dann, mitten hinein in diese Gedanken, kam die Nachricht vom Sauerbier-Verlag – Schwetzing neigte sein Haupt zur Verlagserbin – man wolle „Die Elbebronze" veröffentlichen, man bot einen großzügigen Vorschuss an und wie von Zauberhand begann eine Preiswolke auf mich herabzuregnen. Ja, plötzlich sah ich die Chance, meinem Leben die unwiderrufliche Richtung zu geben. Die Brokovic lächelte zu diesen Worten wie die Medici gelächelt haben musste, als ihr Sohn den französischen Thron bestieg, sie beschaute den Erfolgsautor von der Seite wie ein Bildhauer sein Werk, und sie ließ einen triumphierenden Blick über die versammelten Festgäste gleiten, welche ganz und gar ergeben, wie gesagt werden muss, zugehört hatten, indes manche noch kauend, andere sich mit der Serviette über den Mund fahrend, die Hauptmahlzeit im Begriffe standen zu beenden, und die nun neugierig auf den Nachtisch und die Fortsetzung der Mützenrede des Erfolgsautors warteten. Oh, diese Preiswolke, wiederholte der Erfolgsautor, versetzte mich in Hochstimmung. Und nicht die Preise, die ja, für sich genommen, die halbe literarische Welt mit ihren Namen widerspiegelten, jeder Name ein Literat, für den ich als Preisträger nun stehen sollte, nein, es war, das gestehe ich, auch die materielle Sicherheit, die aus den Preisgeldern kam, denn die meisten Schriftsteller können ja nicht von ihrer Schreibarbeit leben, auch ich konnte es lange Zeit nicht, sie schreiben ja, all die Autoren, und haben eigentlich nichts zum Leben, sie schreiben vom Reichtum dieser Welt und sitzen unter den Tischen, von den Krümeln des Kulturbetriebes lebend, sie lassen ihre Helden die tollsten Abenteuer erleben und sie können selber nicht einmal das Benzin bezahlen, sie schreiben von Festmahlen wie diesem hier und haben nur einen alten Kanten harten Brotes zu Hause, sie schreiben von der Liebe, doch die eigene Frau ist ihnen vor lauter Existenznot davongerannt, sie schreiben und schreiben und sie hungern und hungern, oh ich weiß, liebe Freunde, rief Schwetzing auf einmal in generöser Laune, wie groß eure Not ist, und ich würde am liebsten meinen jetzigen Reichtum unter euch aufteilen wie unser Herr Jesus die Fische aus dem See Genezareth. Oh, ich würde es tun, glaubet mir, einen jeden von euch würde ich beschenken wollen. Ich würde es tun, doch kann ich es?? Und der Erfolgsautor ließ, die Arme ausgebreitet, offen, ob er seinen Reichtum verteilen wollte und warum er es nicht könnte ... Jetzt endlich, so dachte ich damals in meinen Preise badend, jetzt könne ich schreiben aus freier Laune heraus, und ich überlegte, was ich mit dem vielen Geld, es waren in kurzer Zeit ja immerhin sieben Preise geworden, die sich in Form immenser Preisgelder angehäuft hatten, ich überlegte, was ich mit all dem Reichtum machen könnte. Schon immer war es mein Wunsch gewesen, ein Häuschen für mich allein zu haben, so manches Mal, wenn ich die Dresdner Schillerstraße hinab lief und Schillers gelbes Häuschen sah, in dem er den Don Carlos geschrieben hatte, wollte ich wie der große Friedrich dort drinnen sitzen und an meinen Werken schreiben. Nun endlich, dachte ich, würde ich mir eine solche Behausung leisten können. Kaum aber hatte ich meine Absicht einem Immobilienmakler kundgetan, schon umlagerten mich gleich mehrere von ihnen wie die Wölfe einen Wildschweinkadaver. Gar nicht mehr los wurde ich sie. Besichtigungen folgten, Häuserbesichtigungen, die Schlossbesichtigungen glichen, reihten sich aneinander. Und es zeigte sich, dass meine Preisgelder gerade einmal die Provisionen der Händler abdeckten, und ich war gezwungen, Abstrich auf Abstrich zu machen. Immer baufälliger wurden die Objekte, immer ruinöser, mit kaputten Dächern und abgerissenen Dachrinnen, mit bröckligem Putz, blinden Fenstern und Unkraut zwischen den Wegeplatten. Schließlich fand ich im Schönfelder Hochland, nahe meinem geliebten Dresden, einen halb verfallenen, verlassenen Hof, der meiner Vorstellung und den Möglichkeiten am ehesten entsprach. Es war, oh welcher Zufall, eine verlassene Fleischerei. Zunächst gab es einen Lokaltermin, an dem der Verkäufer mir das Objekt zeigen wollte. Das Objekt, so empfing mich der Makler, vor dem eingefallenen Zaun und einem aus den Angeln gerissenen Tor wartend, stünde seit Jahren leer, der ehemalige Besitzer sei kurz nach der Wende, auf tragische Weise, wie gesagt wird, hier in seinen Geschäftsräumen ums Leben gekommen, und seine Frau, die Mitarbeiter und die Erben hätten nichts erhalten, noch weiterführen wollen, um einen Verkauf hätten sie sich zunächst nicht gekümmert, weitere Verkaufsversuche seien erfolglos geblieben und so wäre mit der Zeit jener Zustand entstanden, den man jetzt vorfände. Indes, von jedem Raum, in denen wir eintraten, sagte der Makler, dass er besonders schön und zweckmäßig wäre und dass eine Umgestaltung ganz leicht und nach Belieben erfolgen könnte, er sprach von den vorzüglichen Maßen, die ideale Stellflächen für Möbel und andere Einrichtungsgegenstände wie etwa Klaviere oder Harfen oder Plastiken ergäben, und seine Rede wurde auch nicht gehemmt, als er beim Umherlaufen mehrfach in die verfaulten Fußbodenbretter einbrach. Ich lief dem Makler hinterher, der durch alle Räume wie ein Museumsführer spazierte, manchmal beiseite springend, wenn vor ihm ein jähes Loch auftauchte, ich balancierte über den Boden und kam mir vor wie in einem Hochmoor, wenn man auf Brettern über unsicheren Untergrund laufen muss. Es gab sieben oder acht Räume und mehrere Nebengebäude zu besichtigen, alle in völlig verwahrlostem Zustand und überall mit einem Geruch nach Hunderten von Mäusemumien und Taubendreck. Die Fußböden waren durchweg morsch und wo Keramikfließen verlegt worden waren, sah man Sprünge, herausgebrochene Ecken und klaffende Fugen. Ein typisches Wendeobjekt, sagte der Makler immer wieder, Tausende solcher Objekte hätte er kennen gelernt, und Hunderte erfolgreich verkauft. Wir kamen in die Küche, wo ein völlig verrosteter Elektroherd stand, auch in den sogenannten Handwerkerräumen der Fleischerei sah ich alte unbrauchbare, verwitterte und zerbeulte Maschinen, von braunem Rost zerfressene Messer, Fleischerbeile mit zersplitterten Griffen, vermoderte Gummischürzen, einen Haufen verschimmelter Knochenreste, Schweineklauen, Rinderhörner, ein von Ungeziefer zernagtes Schaffell und einen Zettelblock mit alten Bestellungen von Kunden aus dem Jahre zweiundneunzig. Währenddessen redete der Makler von der Vorzüglichkeit und Brauchbarkeit dieses Objektes, das er selber zwar noch nie betreten, aber dennoch einem jeden empfehlen würde – er versichere mir, hier könne man eine Puppenstube draus machen, und, nachdem ich ihm gesagt hatte, dass ich ein Autor wäre, rief er entzückt, hier befände sich das ideale Schriftstellerheim, er könne sich vorstellen wie davon die Phantasie beflügelt werde. Ich hatte mir inzwischen ein Taschentuch vor die Nase gehalten, denn der Gestank namentlich in den Handwerksräumen, war ein unerträglicher. Offenbar war auch die Klärgrube randvoll und die Toiletten verstopft. Armeen von Fliegen summten um unsere Köpfe. Ich wollte zum Ende kommen und willigte ein, mit dem Makler einen Vertrag abzuschließen. Der Verkäufer zeigte sich hocherfreut und liebenswürdig, und als er in seiner Aktenmappe nach den Papieren kramte, brachte er plötzlich ein rotweißes Mützchen zum Vorschein. Er habe ganz vergessen, rief er, das Mützchen vorzeigend, dieses Fleischermützchen gehöre zum Objekt, es sei ihm von der Vorbesitzerin, der Fleischersfrau, gegeben worden, mit der Anmerkung, es dem künftigen Käufer auszuhändigen, es sei eine Art Talismann, mit dieser Mütze auf dem Kopf sei ihr Mann gestorben, über dem Fleischwolf liegend habe sie ihn, nackt und nur damit bekleidet, gefunden, und wer auch immer das Objekt erwerbe werde, der erwerbe zugleich dieses Mützchen und er müsse es ein Leben lang in Ehren halten, andernfalls drohe schweres Unglück. Der Makler drückte mir das Mützchen in die Hand, der Vertrag wurde unterschrieben und seither befindet sich das Mützchen in meinem Besitz. Schriftsteller sind abergläubische Leute, rief der Erfolgsautor den Festgästen zu und er breitete wieder die Arme wie ein Prediger aus, und ich bin besonders abergläubisch, schon als Kind glaubte ich all die Sachen und Sprüche, die mir die Großmutter erzählte, nicht nur, dass man den Weg einer schwarzen Katze, die von links nach rechts über die Straße läuft, niemals kreuzen darf, dass man einem Buckligen den Rücken streichen soll, dass der Ruf des Käuzchens einem den Tod voraussagt, dass man eine Schwelle niemals mit dem linken Fuß übertreten soll, dass man nicht in eine volle Tasse hineinschwatzen darf, dass man am Grab eines Menschen nicht zu lachen habe, wenn einem nicht die Hand später aus dem eigenen Grab wachsen solle und so weiter - wenn also das Tragen des Fleischermützchens allzeit Glück und sein Nichttragen Unglücken bringen werde - was sollte ich also tun? Was liebe Kollegen hätten Sie getan? Das frage ich hier. Und die Festrunde raunte: was für ein großer Mensch der Erfolgsautor doch wäre, wie rührend er die eigenen Schwächen zeige, wie er sein Herz öffne – ein wahrhaft großer Mann. Und der große Mann sprach weiter: Ja, liebe Freunde, es war wie ein Zwang. Mir blieb nichts übrig, ich musste das Mützchen annehmen. Und seitdem trage ich es und alle Welt fragt sich, was das Geheimnis dieses Mützchen sei. Dabei ist es wie bei allen Geheimnissen, eine ganz und gar simple Sache verbirgt sich dahinter – die einfachste Erklärung ist die zutreffendste. Nun wissen Sie es, liebe Freunde. Nun habe ich es im Angesicht der Freunde des Sauerbier-Verlages gesagt, rief er ein wenig lauter und mit Pathos, und nun weiß es die Welt. Die Verlagserbin lächelte und nickte zufrieden. Ja, nun weiß es die Welt, wiederholte sie und hob ihr Weinglas. Doch ihr Lächeln war ein hintergründiges, es war wie das Lächeln einer bösen Fee und man konnte nicht ausmachen, wie ernst es ihr in diesem Augenblick war. Ich kenne Olga womöglich von allen Anwesenden am besten, dachte ich, und ich wiederholte in Gedanken ihren Vornamen: *Olga!* aber zugleich resignierte ich, denn auch ich war außerstande, ihr hinter die Stirn zu sehen. Alle Augen waren jetzt auf die Verlagserbin gerichtet, alle fragten sich, was nun noch kommen würde, aber es kam nichts, sie setzte das Glas ab und lehnte sich nach hinten. Zwar sah ich ein Funkeln in ihren Augen und ich ahnte die Abgründe, aber ich wurde in diesem Augenblick abgelenkt, denn inzwischen hatte die Konschareff ihr zweites Glas Sekt getrunken, unbemerkt, wie zu sagen ist, oder nicht ganz unbemerkt, denn *ich* hatte mit einem schnellen Seitenblick eingefangen, wie sie mit gierigen Augen und gespitztem Mund das Glas ergriffen und es in einem Zug hinuntergestürzt hatte, dann hatte sie sich noch aus einer fast leeren Flasche die Neige nachgegossen und auch die getrunken. Das Schlimmste stand zu erwarten. Und so war es auch. Sie war aufgestanden und begann, ohne aufgefordert zu sein, eine Rede an die anwesenden Festgäste zu halten. Sie schwankte ein wenig beim Reden und ihre Stimme wirkte verwaschen. Die Brokovic und der Erfolgsautor waren überrascht worden, so schwiegen sie die erste Zeit zu den Ausführungen der Konschareff. Sie habe, sagte die, sich von der Lyrik zur theatralischen Kunst hin bewegt, von der Lyrik zum Theater sei es ja naturgemäß kein großer Schritt, man trete nur von einer Nische in die nächste, zumeist unbeachtet, und man bleibe im Schatten, wie gesagt werden müsse, aber sie habe es vor allem aus einer nationalen Verantwortung heraus getan. Andauernd kämen ja neuere Theaterstücke aus dem Ausland, namentlich dem slawisch sprachigen, und da wolle sie ein Zeichen setzen. Erst jetzt sei ja ein serbisches Stück wieder in aller Munde. Oder sei es aus Kroatien? Sie wisse es nicht genau, denn der serbisch-kroatische Kulturkreis gehöre ja in Wahrheit zusammen, der habe ja eine slawische Mutter, ob Russland, ob die Tschechen oder die Slowaken, ob die Slowenen oder Montenegriner, ob die Polen oder die deutschen Sorben, alles gehöre zusammen wie in einer großen ethnischen Familie, die in ihren Zelten in unserem europäischen Haus kampierten, alle seien sie Slawen, auch wenn sich jetzt zum Beispiel die Kroaten bemühten um Gotteswillen keine Serben zu sein und die Serben sich anstrengten nichts Kroatisches an sich zu haben und so weiter, die Tschechen wollten nichts mehr mit den Slowaken zu tun haben und die Polen dächten sowieso sie seien etwas Besonderes. Sie alle hätten vergessen, wie verräterisch die Sprache sei, und ihre Sprachen seien nun mal allesamt slawische Sprachen. Also egal, ein serbischer Autor mit einem Namen, so unaussprechlich wie sein Stück, mit einem Zischlaut am Ende, dieser Mensch sei jetzt nach Berlin gekommen, und gleich überschlügen sich die Intendanten, überböten sich, wer ihn zuerst auf die Bretter bringen dürfe, eine regelrechte Slawomanie sei ausgebrochen. Natürlich sei das Stück nichts Klassisches, neinnein, es sei etwas Zeitgenössisches. Zeitgenössisch! Ha, ha, zum Totlachen. Zeitgenössisch, aber tiefgründig werde gesagt, oh ja zeitgenössisch stehe in den Programmzetteln und auf den Plakaten, die schon fertig gedruckt herumlägen. Wenn unsereiner ein Stück herausbringe, müsse man die Plakate selber mitbringen oder zu Hause entwerfen, und die Programmzettel mit der Hand schreiben. Neinnein, als ob man nicht wüsste, was das bedeute: Zeitgenössisch und noch dazu Slawisch. Slawisch zeitgenössisch, ein Anachronismus. Wo bei den Slawen, wie man wisse, noch immer das Matriarchat vorherrsche. Überhaupt, man sähe ja, was herauskäme, wenn bei uns Slawen zu Macht und Ansehen kämen... wie im Alten Rom wäre das, wo zum Schluss die Barbaren in den Senatorensesseln gesessen, wo sie auf dem Aventin Hammel gegrillt und im Tempel des Jupiter uriniert hätten - doch, auf einmal schloss die Konschareff ihren rotgeschminkten Mund, er ging zu wie eine grellrote Verschlussklappe, denn sie hatte einen warnenden, einen missbilligenden Blick der Verlagserbin eingefangen, und, obwohl die Konschareff schon ziemlich alkoholisiert war, begriff sie doch, dass sie mit ihren Anmerkungen zum Slawentum zu weit gegangen war. Einen Moment war sie unschlüssig, ob sie sich setzen und den Mund halten sollte. Aber ein paar Festgäste am Tisch, die vielleicht bloß neugierig waren oder die Provokation liebten oder, wie die Konschareff, ziemlich angetrunken gewesen waren, jedenfalls einige Festgäste forderten lautstark, sie solle weiterreden und man wolle etwas hören über dieses slawische Stück.

Weiter! Weiter! skandierten sie, schlugen auf den Tisch, trommelten, nicht achtend, dass die Brokovic schon zwei Mal mit dem Erfolgsautor Blicke gewechselt, dass sie vor unterdrücktem Zorn rot angelaufen war und ihre schwarze Kappe wütend vom Kopf gerissen hatte, so dass einer ihrer im Verlag so gefürchteten Tobsuchtsanfälle kurz bevor zu stehen schien.

Sei es wie es sei. Ungerührt, wie gesagt werden muss, ja sogar noch mit einer Steigerung sprach die Konschareff weiter, denn, was wäre schon ein böser Blick der Brokovic, sagte sie sich in ihrem Löwenmut, das ginge sie doch gar nichts an, denn schließlich sei sie nicht auf den Sauerbier-Verlag angewiesen und außerdem sei man ja auch ein freier Mensch, frei und ungezwungen, man könne sagen, was man wolle, und ihr sei heute eben danach, also weiter, frisch gewagt, und sie trank noch einen Schluck aus einem fremden Glas:

Übrigens, Herrschaften, rief sie mit ihrer schrillen, überschnappenden Stimme, übrigens, dieses serbischkroatisch-slawische Stück spiele im Theatermilieu. Man stelle sich vor – im Theatermilieu! Eine absurde Tatsache. Und es solle im Stile eines englischen Konversationsstückes gestaltet sein. Nicht etwa nach Oscar Wilde oder Shaw, was noch angehen könnte, neinnein, etwas Zeitgenössisches. Zum Lachen. Doch der Dramaturg habe sie, die Kontschareff, um Hilfe gebeten. Das sei tröstlich. Immerhin um Hilfe. Man habe eingesehen, dass es ohne unsereinen nicht angehen könne. Sie, die Kontschareff, sagte die Kontschareff, und ihr rotgeschminkter Mund stand offen wie eine breite Brotlade, habe sogleich begonnen, das ganze Stück umzuschreiben. Sie habe aus dem Stück ein deutsches gemacht, mit deutschen Charakteren und deutschen Befindlichkeiten, mit deutschen Konflikten. Ach, wenn wir nur Dichter hätten, klagte die Kontschareff, dann hätte sie sich diese Mühe nicht machen müssen. Aber wir haben ja keine! Ein paar der Anwesenden schielten vorsichtig zu dem Erfolgsautor und der Verlagserbin. Wie würde er diesen Vorwurf aufnehmen, was würde die Brokovic sagen. Das hatte noch keiner gewagt, in Gegenwart der Verlagserbin und ihres Erfolgsautors davon zu sprechen, es gäbe in Deutschland keine Dichter mehr. Das war stark. Das war eine Provokation und sicher nur der Trunkenheit der Kontschareff zuzuschreiben. Doch Trunkenheit hat bekanntlich keine strafbefreiende Wirkung. Und so war es auch in diesem Fall. Zunächst jedoch geschah nichts. Im Gegenteil, ein paar Journalisten und Zeitungsrezensenten, die geladen waren, darunter ein gewisser Dr. Geigendörfer von der renommierten Wochenzeitung *„Der silberne Gong"* schrieben wie die Wilden in ihre Laptops, Dr. Geigendörfer, da er seine elektronische Schreibmaschine vergessen hatte, auf eine neben seinem Besteck liegende Serviette. Es war ihm egal, dass die Serviette mit den Initialen des

Sauerbier-Verlages, einem verschnörkelten großen „SV", bedruckt war. *„Die Lust am Untergang - die Kontschareff läuft Amok!"* war seine Titelzeile.

Sein Nachbar, einer lieben Gewohnheit der Zunft nachgebend, dass einer vom anderen abschreibe, der bekannte Kolumnist Fred von Seppeln vom *„Schmelzstiegel",* fügte bei sich sogar einen originellen Untertitel ein *„Schwetzing im Beisein seiner Verlegerin zu Fall gebracht".*

Die Kontschareff, trunken von den vielen Neigen, trunken auch von der Gewalt ihrer eigenen Rede, war nicht zu bremsen. Nein, wir haben keine dichter mehr, auch keine wirklichen Talente. Taucht tatsächlich einmal ein Talent auf, wird es sofort von den parteiabhängigen Mainstremmedien vereinnahmt, sie spannen das Talent vor ihren Karren und lassen es ziehen, bis es entkräftet zu Boden sinkt oder bis sich herausstellt, es war gar kein Talent. Sie wissen alle, sie sind vom Fach, dass sich das wahre Talent erst beim zweiten Buch enthüllt. Nur das zweite zeigt, ob der neu Gerühmte wirklich Talent hat. Insofern ist der Werbeslogan des Zweiten Deutschen Fernsehens ZDF, „Mit dem Zweiten sieht man besser!" eigentlich ein geklauter Slogan der Buchbranche, wo es heißt wie jeder weiß „Das zweite ist das entscheidende!". Und, Herrschaften!, die Kontschareff hatte Mühe auf den Beinen zu bleiben, sie stützte sich auf der Tischplatte ab, sie schwankte und ihre Augen waren wie man sagt verschleiert, Herrschaften, wiederholte sie, wir sehen doch, was mit den zweitem Buch eines sogenannten Talents geschieht. Unglaublich, schrie sie plötzlich auf, unglaublich, was für ein Dreck heute von der Presse gelobt wird, unglaublich, was alles als Talent gepriesen wird. Da bringt so ein Kerlchen ein Buch heraus, da wird er gleich als neuer Gerhard Hauptmann oder als die Inkarnation von Thomas Mann gerühmt. Und dann!? Dann hört man von dem angeblichen Talent nichts mehr, oder, noch schlimmer, es bringt ein zweites Buch heraus, und dieses zweite ist noch schlimmer als das erste unter der Hand schon verschrien war... Die Kontschareff machte eine Pause und holte Luft. Wissen Sie, Herrschaften, Sie ahnen ja nicht, was dies für Qualen sind mit solchen Unbegabten in einem Raum zu sitzen, zu Empfängen zu gehen... sie breitete ihre weißen Schwabbelarme aus, als meinte sie die Anwesenden. Brechreiz bekommt man. Jawohl Brechreiz!

Und, da die Kontschareff in ihrem Drang nach Wirklichkeitsnähe ein Würgen, ein aufkommendes Erbrechen so echt vorführte, „Grrurr, grrooor, ulk..." glaubten die in der Nähe Sitzenden, sie werde sogleich Ihr Gegessenes mit all dem Getrunkenen auf der Tischdecke präsentieren, und ein paar rückten hastig mit ihren Stühlen von der Rasenden ab. Die bemerkte das und lachte schrill auf. Nein, Herrschaften, schrie sie, ich kotze nicht auf die Festaktstischdecke, auf all das kostbare, geborgte Geschirr. Soweit lasse ich es nicht kommen. Neinnein!

Mit einem Schnaufer fuhr sie fort: Die jungen Leute, besonders die jungen Frauen, werden heutzutage in der Schriftstellerei alle gehätschelt und verzogen, sagte sie, die Zeitungen, der Rundfunk sogar das Fernsehen schreien alle Augenblicke heraus, was das für Talente seien, wie zum Beispiel eine mitteldeutsche Rundfunkanstalt, die die Stirn hat, jedes Jahr einen eigenen Literaturwettbewerb durchzuführen, der so viel Geld kostet, dass kaum etwas für andere Sparten übrig bleibt, und dort werden uns dann wie im Brutkasten bei der Gänseeierbebrütung die Genies präsentiert, die, so wird gesagt, mit offenen Armen von allen größeren deutschen Verlagen aufgenommen würden; doch dabei sind diese Genies weiter nichts als unbegabte Hühnchen, die tatsächlich nicht das geringste Talent haben und deren hervorstechendste Eigenschaft nur ihre unbekümmerte, talentfreie Jugend ist. Wie ja überhaupt die heutige schreibende Jugend durch und durch unbekümmert, sagte die Kontschareff, ja und auch faul sei, und keinerlei Disziplin habe, eine Jugend, der man weiter nichts als Mäzchen anerzogen habe, die verspielt sei und im Grunde zu nichts tauge.

Umso schlimmer sei es, dass bei dieser Rundfunkanstalt und diesem unsäglichen Literaturwettbewerb, den kein Mensch brauche und der auch nirgendwo, außer in den Sendegrenzen des Senders wahrgenommen werde, dass an diesem Ort Leute am Werke sind, Leute wie jener unsägliche Eberhardt Hochleitner, der um seine eigenen Wahrnehmung bemüht, alljährlich die angebliche Bedeutung solcher Wettbewerbe hervorhöbe, der nicht müde würde, sich als Talentevater zu bezeichnen und der in Wahrheit nur bei den dem Wettbewerb folgenden Lesereisen mit den jungen Mädchen zusammen sein wolle und dem es um die Bewunderung von Minderjährigen gehe. Ja, ja um nichts anderes gehe es diesem Menschen, rief die Kontschareff, wie auch jenen Verlagen, die solche sogenannten Talente aus seinen Händen übernähmen. Ein Fall von literarischer Pädophilie sei das, nichts anderes. Ein Ring von Pädophilen, als Literaturfreunde und Talentförderer getarnt... Man wundere sich, dass sich die Jesuiten noch nicht gemeldet hätten...

Die Kontschareff, von ihrer eigenen Verwegenheit verführt, wollte glühenden Gesichtes weitersprechen. Allein, alle sahen, ihre Rede würde in wenigen Augenblicken unterbrochen werden. Die Verlagserbin war aufgesprungen und auch der Erfolgsautor hatte mit geballten Fäusten seinen Unmut gezeigt. Indes, die Kontschareff sprach weiter, sie schien blind für das drohende Unheil, das in Gestalt der Verlagserbin auf sie, wie man sagt, zurollte. Ihren letzten Gedanken erneut aufgreifend sprach sie: Die jungen Autorinnen, kaum zwanzig, sitzen in den Verlagsräumen herum oder verstellen uns überall, bei den Zeitungsredaktionen, im Rundfunk, in den Fernsehstudios, den Weg und sind nichts als ein andauerndes Ärgernis. Bestenfalls Halb- oder Viertelbegabungen sind sie, die mit der Zeit verkümmern, uns aber die Programmplätze wegnehmen. Jawohl, auch hier beim ehrenwerten Sauerbier-Verlag rauben sie uns die Programmplätze. Dabei ist es für die meisten ein Weg in den Untergang wie der Flug der Motten ins Kerzenlicht. Ich rufe ihnen zu, kann den wenigen tatsächlich Begabten nur raten, zum Beispiel niemals hierher zu einem Verlag wie dem Sauerbier-Verlag zu gehen, denn dann gehen solche gleich am Anfang ihrer Karriere direkt in die totale Zerstörung hinein, sprach die Kontschareff weiter, nicht wahrnehmend und scheinbar blind, dass die Verlagserbin von ihr nur noch wenige Schritte entfernt war, dass sie von dem unvermeidlichen Crash, wie zu sagen ist, nur noch ein Wimpernschlag trennte, jaja, sprach die Eifernde stattdessen, eigentlich hätte ich hier – wieder breitete sie ihre Schwabbelarme aus - meinen neuen Roman *„Die Heilige und der Admiral – ein Paulanum"* veröffentlichen sollen, ursprünglich, so war verabredet, sogar in der neuen exquisiten Reihe *„from the universal works"*, aber daraus ist bekanntlich nichts geworden, gottseidank, muss ich jetzt sagen. Eigentlich hatte ich, wenn ich ehrlich zu mir bin, nicht wirklich an diese Veröffentlichung geglaubt, auch nicht an einen durchschlagenden Erfolg mit diesem Verlag. Das „Paulanum" im Sauerbier-Verlag und ein Erfolg wäre die totale Überraschung gewesen. Erfolg und Sauerbier passen einfach nicht zusammen. Für mich zumindest nicht. Ich kann mich nun mal nicht mit einem Verleger in eine Lounge begeben. Oder einer Verlegerin. Da eigne ich mich nicht. Sowohl innerlich wie äußerlich. Gut, vor fünfundzwanzig Jahren wäre es vielleicht gegangen, da hätte ich wahrscheinlich weniger Skrupel gehabt. Auch war damals mein Körpergewicht nur die Hälfte...

Gut, und außerdem vielleicht hätte ich nicht auf den Balkan
fahren sollen, mitten in den Vertragsverhandlungen zum „Paulanum".

Aber meine Balkansehnsucht ist wieder einmal Schuld gewesen. Meine Sehnsucht nach Sofia, Bukarest, nach Transsilvanien, nach den Schluchten des Balkan und nach dem wilden Kosovo... Die Kontschareff hatte wieder ein Glas ergriffen, laut und schlürfend getrunken, mit dem Wein sogar den Mund gespült, ein Gurgeln begonnen, sodass ihre Worte beinahe unverständlich geworden waren. In den letzten Jahren, fuhr sie fort, schluckte die Flüssigkeit hinunter und die Verlagserbin war in Armreichweite gekommen, in den letzten Jahren hatte ich mir angewöhnt, jedes Jahr eine Balkanreise zu machen, habe damit sozusagen den traditionellen Urlaubszielen in Italien und Spanien, Frankreich und Irland, den Rücken gekehrt. Ach, schwärmte die Kontschareff, sie hatte die Augen geschlossen, sah nicht, wie sich die Verlagserbin in ihrer unmittelbaren Nähe postiert hatte, ach der Balkan ist noch so unberührt. Wenn auch rückständig, fast mittelalterlich und ein wenig eigenwillig. Aber unberührt von der westlichen Dekadenz und Dominanz. Gänzlich jungfräulich jawohl. Und unberührt. Jawohl unberührt!

Und in diesem Augenblick gab es eine Berührung. Eine unsanfte.

Die Verlagserbin hatte die Kontschareff an ihrem linken nackten Oberarm gepackt. Sie brauchte dazu ihre ganze Hand und umfasste doch nur die Hälfte des weißen Fleisches. Dafür kniff sie ziemlich derb zu, denn die Kontschareff, die plötzlich hellwach war und die Situation erfasst hatte, kreischte schrill auf und versuchte ihren Arm zu befreien. Aber die Verlagserbin war eine kräftige Person und sie hatte, als sie noch in Split ihren Rotweinhandel betrieb, großvolumige Flaschen des roten Dalmatiners aus den Regalen genommen, Flasche für Flasche, mit einer Hand, sie war geübt kräftig zuzupacken. Nein, Verehrteste, zischte sie, wir sind jetzt hier mit Ihnen fertig und Sie werden hübsch brav hinunter gehen, zum Parkplatz und in ihren kleinen Twingo steigen. Oder soll ich Ihnen lieber ein Taxi rufen? Sie haben ganz schön einen in der Krone, Verehrteste. Also, gehen Sie jetzt oder soll ich ein paar Herren um Hilfe bitten. Und ich wette, da finden sich ein paar, die Freude daran hätten, Sie hinauszuwerfen, Autorenkollegen allesamt, die ihr Werk ebenso abscheulich finden wie ich. Sie reden hier in großen Tönen von Ihrem „Paulanum" – eine Wurstelei, dieses Buch. Und auch ich bin froh, glauben Sie mir, es nicht machen zu müssen, denn nicht der Sauerbier-Verlag und der Erfolg passen nicht zusammen, sondern Sie, Verehrteste und der Erfolg sind Antagonismen, nähme ich Sie ins Programm, könnte ich gleich einen neuen Kredit bei meiner Hausbank aufnehmen und dem Steuerberater sagen, er solle die Verlustvorträge erweitern, denn wir haben die Kontschareff im Programm! Und nun, wenn ich bitten darf... und die Brokovic schob, den Oberarm der Kontschareff, der etwa dem Umfang des Oberschenkels einer Vierzehnjährigen entsprach, nicht loslassend, die protestierende Dichterin zur Saaltür hinaus. Mit einem Krach schloss sie die Tür wieder, wischte sich demonstrativ die Hände an einem Taschentuch und ging an ihren Platz zurück. Erschrockenes Schweigen herrschte unter den Festaktgästen.

Draußen hinter dem Glas der Saaltür sah man den Schatten der Kontschareff. Hoffentlich kommt sie nicht noch einmal herein, schienen alle zu denken, dann ginge der Streit weiter und das war doch keine schöne Sache. Doch der Schatten wandte sich ab und man konnte sich entfernende, stolpernde Schritte hören, die allmählich leiser wurden.

Die sind wir los, sagte die Verlagserbin halblaut, gab dem Kellner einen Wink und ließ sich ihr Glas füllen.

Aber, als sie das Glas an die Lippen setzen wollte, sprang ihr gegenüber, an der Fensterreihe der zum U gestellten Tische ein Mann auf. Auch er schon ziemlich angetrunken, schwankte, lallte ein paar Worte, es war der Dichter Ephraim Jos Weichling. Oh, dachte ich, der wird doch nicht etwa den Stab der Kontschareff übernehmen. Und mir fiel ein was für Reden ich den Weichling schon hatte halten hören, zum Beispiel bei einer Verbandsversammlung in Leipzig, erinnerte mich seiner zynischen unflätigen Sprechweise. Auf der anderen Seite war ich gespannt, freute mich insgeheim, wenn dieser Festakt durch wütende verbale Angriffe zerstört würde. Ich gab dem jungen Atzengräber einen Wink. Er fuhr mich näher an den Weichling heran, damit ich jedes seiner Worte aufschnappen könnte, rückte meinen Rollstuhl zugleich so zurecht, dass ich mit dem zweiten Auge die ganze Versammlung besser überblicken konnte.

Der Weichling richtete sich auf. Er war nur halb so betrunken wie er tat.

Wissen Sie, rief er der Verlagserbin zu, wissen Sie, ein Autor tut gut daran, wenigstens einmal im Jahr eine größere Reise zu machen, da muss ich der Kollegin Kontschareff vollkommen Recht geben, und richtig, es müsse ja nicht Italien, Andalusien, Griechenland, Mallorca oder die Südsee sein, auch nicht die Karibik, für mich, einen ganz normalen Menschen, einen ganz gewöhnlichen Autor von mittelmäßigem Erfolg, ist es zum Beispiel Polen, insbesondere die Masurischen Seen. Ja, diese Idylle der Masuren tragen wie nichts zu meiner Regeneration bei. Vielleicht, weil ich, sagte der Weichling, eine große Vorliebe für das Angeln habe. Solche Fische fängt man dort, rief er und er zeigte mit den Armen wie groß diese Fische wären, er breitete seine Arme aus, dass die Nächstsitzenden erschrocken abrückten, Hechte, Zander, Welse und Karpfen. Immer wieder Karpfen, ja, ja, aber eben solche Karpfen mit Schuppen. Die ölig glatten wie bei uns gibt es dort nicht. Ha, ha, da fällt mir, rief der Weichling lachend, ein Witz ein: Kennen Sie den mit den Schuppen und der Relativitätstheorie, verehrte Frau Brokovic? Nein? Drei oder fünf Schuppen auf einer Fischhaut sind relativ wenig, aber dieselbe Anzahl auf einem Menschenkopf sind relativ viel. Natürlich haben wir nicht so große Schuppen wie ein Fisch. Aber, es gibt Leute, denen fallen die Schuppen wie ein Silberregen vom Kopf, wenn sie nur ihr Haupt schütteln.

Tragen Sie deswegen Ihre Kappe bei jeder Gelegenheit, beste Olga?

Nein, nein, ergänzte er lachend, als er sah wie sich das Gesicht der Verlagserbin rot färbte - allerdings, man wusste nicht, ob sich die Brokovic über den Vergleich mit den Kopfschuppen oder über die vertrauliche Anrede „Olga" geärgert hatte - kleiner Scherz, nicht ernst gemeint, ha, ha.

Wo war ich stehen geblieben? Ach so, beim Angeln. Nein, einen Fisch wie ihn der „alte Mann" bei Hemingway aus dem Wasser zog, so einen fing ich natürlich nicht. Sie wissen, Hemingway liebte das Angeln. Genau wie ich. Doch, das ist nicht die einzige Übereinstimmung. Man könnte von einer Hemingway-Affinität sprechen, gar einer Hemingway-Ähnlichkeit.

Nur der Bart fehlt! rief der Weichling und fasste sich ans Kinn. Ja, nur der Bart. Aber, wenn ich einen hätte, wäre er garantiert nicht grau, sondern fuchsrot. Ja, ganz bestimmt fuchsrot.

Ein Rotbart! Unser Kaiser Rotbart! Ha, ha, ha, lachte es in der Runde. Der Weichling tat, als ob er nichts gehört hätte. Gut, Hemingway war Romantiker, fuhr er fort, sogar ein Sozialromantiker und am Ende seines Lebens Pazifist. So einer bin ich nicht. Wer meine Romane kennt, weiß, was ich bin.

Ja, das wissen wir. Ein sexbesessener alter Suffkopp! rief jetzt einer aus der Runde.

Die Verlagserbin konnte ein Auflachen nicht unterdrücken. Ein paar andere kicherten. Auch der Erfolgsautor lachte, hielt sich indes die Hand vor den Mund.

Wer ist das gewesen? schrie der Weichling und blickte drohend seinen Kollegen in die Gesichter. Doch keiner meldete sich.

Ich wusste, wer der Zwischenrufer gewesen war, denn er hatte neben mir gesessen. Es war der Lyriker Ruben Seilkapp. Er stammte wie ich aus Dresden und war bisher besonders durch die Sanskrit-Übersetzungen seiner Gedichte aufgefallen. Daheim kannte ihn kaum einer, wenn er nicht gerade eine seiner berüchtigten Schmährezensionen veröffentlichte. Da konnte er, der, wie er sich gerne nennen ließ, sanfte und nicht zornige junge Mann, hundsgemein werden, weshalb mich sein Zwischenruf nicht verwunderte. Gegen ältere Kollegen war er häufig zynisch und verletzend. Auch mich hatte er ein paar Mal schwer verletzt. Er hatte mir, wo er mich hätte besprechen können, durch bewusstes Weglassen und Ignorieren meiner Texte, seine Abneigung deutlich gezeigt.

    Na, sagte der Weichling, immer noch mit Ärger in der Stimme, das bekomme ich schon noch raus. Wo war ich stehen geblieben? Ach so bei meinem Vergleich mit Hemingway und beim Angeln selbstverständlich. In der Tat, fuhr der Weichling fort, eine Hemingwayähnlichkeit kann man bei mir beobachten, freilich ohne Bart, auch ohne die Romantik, dafür mehr eine Verstandeskomponente, ich schwärme nicht für den Stierkampf, eher für seine Resultate, ein saftiges Steak zum Beispiel. Ich gehe wissenschaftlich an die Dinge heran. Das Profane ist ja nicht romantisch. Alles Profane ist sozusagen antiromantisch. Hemingway beging Selbstmord, weil er ein Romantiker war. Ich hingegen bin alles anderes als der typische Selbstmordtypus. Ja, leider, kam es von den Zuhörern. So zwingen Sie einen geradezu, zum Mörder zu werden. Nicht einmal umbringen kann sich so einer, wie dieser Hemingway-Verschnitt, weil er es für romantisch hält, sprach dieselbe Stimme. Ich weiß nicht, was daran romantisch sein soll, in einer Badewanne im eigenen Blute zu liegen, oder aus dem zehnten Stock zu springen und unten auf dem Beton zu einem blutigen Brei zu werden, das soll Romantik sein... Da hakte der Weichling ein wie ein Habicht, der auf seine Beute stößt, hakte dem Seilkapp, denn der war erneut der Zwischenredner gewesen, mitten ins freche Milchgesicht. Ist denn Ihr letztes Bändchen mit Sonetten und Kantaten schon gedruckt worden? Wie hieß es noch? *Die Katarakte der verlorenen Liebe*? Wann kann man es in den Buchläden sehen? Der Verlag hat noch Schwierigkeiten, antwortete Seilkapp verlegen, und alle Dreistigkeit war aus seinem Gesicht gewichen. Der Lektor habe damit Schwierigkeiten, ergänzte er.

Einen Lektor für einen Gedichtband brauchen Sie? lachte der Weichling, das ist ja etwas ganz Neues. Einen Lektor für Ihre Gedichte? Sowas.

Ja, sagte der Dichter Seilkapp, mein Verleger besteht auf einem Lektor. Und er habe keinen geeigneten. In ganz Deutschland gäbe es keinen Menschen, sagt mein Verleger, der meine Gedichte lektorieren könne, aber er, der Verleger, bestünde darauf, ohne einen Lektor wolle er meine *Katarakte* nicht herausbringen. Die müssten gründlich durchgesehen werden.

Ach, gehen Sie mir doch mit Ihrem Lektor... Das ist doch eine faule Ausrede, mein Lieber, entgegnete der Weichling. Der Mann will ihr ganzes Bändchen nicht. Ich wette...

Da warf der Seilkapp dem Weichling einen bösen Blick zu, machte eine hastige Geste und seine vorherige Rede vom Mord an diesem Kollegen bekam plötzlich ganz unmittelbare Bedeutung. Ich gestehe, die Szene war zum Fürchten, es war etwas Unwirkliches darin...

Ich wendete mich ab und fing einen Blick der Verlagserbin auf, mit dem sie den Dichter zu durchbohren schien. Der Blick war nicht freundlich, er war böse und hasserfüllt und ich erinnerte mich jetzt, dass es der Seilkapp gewesen war, der vor zwei Jahren in einem Wutanfall dem Sauerbier-Verlag den Rücken gekehrt hatte. Nach mehreren Zwischenstationen war er jetzt bei einem kleinen norddeutschen Verlag angelangt, „Buchexperiment" hieß der. Damals bei dem Streit mit dem Sauerbier-Verlag war es um einen Gedichtband von ihm gegangen. Und auch damals war es die Verlagserbin, ähnlich wie bei mir, gewesen, die etwas gegen eine Kleinigkeit im Gedichtband von Ruben Seilkapp einzuwenden gehabt hatte. Freilich, damals lebte der alte Sauerbier noch und sie war noch nicht die Verlagserbin, aber sie hatte schon damals große Teile der Verlagsgeschäfts, wie man sagt, an sich gerissen. Überall redete sie hinein, mischte sich ein, wollte sie bestimmen, manchmal um jeden Preis. Wie ich erfahren hatte, war es bei Seilkapp um die Anordnung der Gedichte gegangen, also, in welcher Reihenfolge sie in dem Buch abgedruckt werden sollten. Seilkapp hatte darauf bestanden, dass die Reihenfolge so erfolgen solle wie er sie bestimmt hätte. Sein Prinzip wäre ein didaktisches, vom niederen zum höheren, vom allgemeinen zum konkreten, von der unbelebten Natur zur belebten, vom Tier, dem Schmetterling, der Fliege, dem Vogel zum Menschen, von der Frau zum Manne, vom Kinde zum Erwachsenen. Die Brokovoc aber hatte, zunächst den Alten, ihren Mann, den Verleger vorschickend, insistiert, es verstehe sich von selbst, das Gedicht Nummero 23 gehöre an die erste Stelle, das gehe gar nicht anders. Gedicht Nummer 23 war aber das titelgebende gewesen: *Der rinnende Regen...* dafür, so schlug sie durch den Mund ihres senilen Gatten vor, müsse das erste Gedicht, welches Seilkapp an diese Stelle gesetzt hatte, unbedingt an die fünfzehnte, das fünfzehnte an die vierte, das vierte an die fünfunddreißigste... und so fort, alles wurde um und um geworfen, Seilkapp konnte keinen Sinn erkennen, nur Willkür und Rechthaberei, und, wiewohl der alte Sauerbier die Vorschläge machte, sah er dahinter das schwarzlockige Gesicht und die dunklen Glutaugen der Kroatin und baldigen Verlagserbin, sie zog die Fäden, sie verantwortete diese Gemeinheit. Seilkapps Zorn wuchs wie sich die Glutkammern eines Vulkans mit Magma füllten, und eines Tages, bei einer der hundertsten Besprechung zu seinem Gedichtband, platzte ihm der Kragen. Und er vergaß wie alles begonnen hatte: Er hatte nämlich im ausgehenden Frühjahr des vorvorletzten Jahres im teppichbelegten und Skulpturen geschmückten Lesesalon der Verleger-Villa der Brokovic aus seinem Band vorgelesen, dabei hatte er damals erst ungefähr die Hälfte der Gedichte fertig, Seilkapp las mit seiner bebend vibrierenden Lyriker-Stimme, er hatte brasilianische Zigarren geraucht, dalmatischen Rotwein getrunken, Sauerbier weilte zu einer Geschäftsreise im Ausland, und er hatte zu allem Unglück der Verlegergattin die Fußsohlen gegrault, er tat dies, weil sie das so gerne hatte. Sie reckte ihm ihre in schwarzen Strümpfen steckenden Beine entgegen und schnurrte wie eine Katze. Nein, sie hatten eigentlich nichts miteinander, und miteinander geschlafen hatten sie auch noch nicht, aber die Kroatin neigte zu derartigen sinnlichen Handlungen, sie fand nichts dabei, wusste freilich, dass sie Seilkapp dadurch unter einen gewissen moralischen Zwang brachte. Und der Dichter tat ihr den Gefallen, vielleicht war er hypnotisiert wie das Kaninchen von der Kobra. Seilkapp las ihr die Gedichte vor, im Hintergrund erklang Puccini von der CD-Anlage, die Brokovic lag auf ihrer Ottomane und Seilkapp auf einem Polsterhocker sitzend kraulte ihre Füße und las seine Gedichte. Die Brokovic hatte ihren schwarzen Überwurf, den sie immer trug, ein wenig gelüftet und ihr weißes, schweres Fleisch wurde sichtbar. Sie fand nichts dabei, entblößte sich beinahe absichtslos, animierte den Seilkapp zu immer weiterem Lesen. So ging das stundenlang, manche Gedichte musste er drei oder vier Mal lesen, und plötzlich sagte sie den Titel des Gedichtbandes wie sie ihn sich vorstellte. Seilkapp schwieg, aber er dachte nicht im Traum daran, diesen Vorschlag anzunehmen. Das Weib war die eine Sache, sein Gedichtband eine andere. Die Brokovic aber dachte, sie hätte damit die Angelegenheit entschieden, ihr Titelvorschlag wäre angenommen, eine weibliche List, nichts weiter. Freilich waren sie dann noch stundenlang in

Frankfurt spazieren gegangen, sie waren sogar auf einen Jahrmarkt gewesen und Riesenrad gefahren, hatten Luftschlangen aufgeblasen und Zuckerwatte gegessen, während sie ihm vorsichtig und immer wieder mit Unterbrechungen von ihren Plänen sprach, Plänen, die einträten, wenn sie dereinst die Erbin des Sauerbier-Verlages wäre, was, so Gott es wolle, noch lange Zeit dauern könne ja sogar solle, denn ihr Gatte erfreue sich, trotz kleinerer Ausfälle und Reparaturen an Gefäßen und Gliedmaßen, noch bester Gesundheit. Während sie so liefen und sich an den Händen hielten und die Brokovic dieses und jenes, Großes und Kleines, von sich gab, dachte der Ruben Seilkapp daran, dass die Brolovic die erste Frau und auch Verlegergattin gewesen ist, der er seine Gedichte vorgelesen hatte. Dass sie diese nicht abgelehnt hatte, wie er zuerst ängstlich gedacht hatte, hatte ihm, wie zu sagen ist, literarischen Mut gemacht. Ja, dachte der Seilkapp später zu Hause, die Brokovic wäre gar nicht so schlecht und vielleicht könne man sie sogar lieben, ein Verhältnis knüpfen... An diese Episode besann ich mich also in meinem Rollstuhl als ich jetzt die Blicke der Verlagserbin sah, denn der Seilkapp hatte mir in einer seiner bittersten depressiven Stunden nach der vierten Flasche einheimischen Müller-Turgau von den Erlebnissen mit der Verlagserbin erzählt, nicht ohne mich um tiefstes Schweigen zu bitten. Zu keinem ein Wort, hatte er gesagt. Und ich hatte geantwortet, dies verstünde sich doch von selbst. Dann hatten wir uns umarmt und der Seilkapp war seiner Wege gegangen. Es gibt ja zwischen Dichtern immer nur kurze Berührungen. Niemals dauern Dichterfreundschaften lange. Nein, dachte ich im Rollstuhl, es gibt unter Dichtern keine echten Freundschaften, man schwebt aneinander vorbei wie die Sterne im All, man sieht sich, nimmt das Licht des anderen wahr und dann entschwindet der andere im Dunkel. Nie hatte ich also wieder etwas Näheres von ihm, dem Seilkapp, gehört. Ja, es hatte sogar geheißen, er hätte sich nach der Trennung vom Sauerbier-Verlag gänzlich zurückgezogen, hätte mit dem Schreiben aufgehört und eine gering bezahlte Tätigkeit als Kartenabreißer in einem Vorstadttheater angenommen. Eigentlich sah ich ihn heute zum ersten Mal wieder. Freilich in Dichterkreisen wird viel getuschelt und so wusste ich natürlich von seinem neuen Gedichtband. Hatte sogar im Buchhandel nachgefragt. Aber, Fehlanzeige, der neue Seilkapp war noch nicht zu kriegen. Jetzt wusste ich warum... Auf einmal sah ich wie sich die Verlagserbin zu ihrer vollen Größe aufrichtete. In ihren schwarzen Augen blitzte es. Es schien in ihrem Innern zu knistern. Ich gab dem jungen Atzengräber ein Zeichen mich mit meinem Gefährt zu so drehen, dass ich die Szene, die gleich beginnen würde, gut sehen konnte. Aber diese Drehung war zu offensichtlich und ihr Zweck leicht zu bemerken. Der Zorn, der Bannstrahl, wie gesagt wird, der den Dichter Seilkapp treffen sollte, traf nun mich. So krank scheint man nicht, sprach die Verlagserbin mit leiser, aber giftiger Stimme, so krank nicht, dass man nicht ein voyeuristisches Gelüst hätte, aber eingedenk unserer einstigen Vertrautheit will ich Sie verschonen und die Worte, die mir auf der Zunge liegen, an den richten, der sie erwartet und der sie verdient hat.

Nicht wahr verehrter Ruben Seilkapp, Sie erwarten ein Wort von mir, nachdem Sie hier in übelster Weise nachträglich gegen Ihren alten Verlag gesudelt haben? Das ersehnen Sie doch, das strafende Wort, wie ein Knecht die Peitsche, nicht wahr? Bin ich nicht für Sie so eine Domina in Lackstiefeln mit Lederpeitsche? Mit Stachelhalsband und Knebelband? Sie lieben doch den Schmerz? Wir wissen das. Dichter lieben immer den Schmerz, umso besser können sie ihre Verse schmieden. Also. Wollen Sie, dass ich ihnen weh tue, hier vor aller Augen und Ohren? Wollen Sie das?

Und der Dichter Seilkapp saß auf seinem Stuhl wie ein Delinquent, wie ein überführter Sünder und vom Glauben Abtrünniger vor der Inquisition. Man hätte ihn sich mühelos im ärmellosen Umhang, mit der hohen gelben, Zuckertütenmütze vorstellen können, das Kreuz mit den Händen umfassend, und vor ihm eine große brennende Altarkerze. Alle Augen waren auf ihn gerichtet. Eine unheilvolle Stimmung war in die Festgesellschaft gefahren. Schweigen herrschte. Nicht einmal ein Flüstern hörte man. Aller Frohsinn war verflogen. Sogar der Weichling schien zu bereuen mit Seilkapp gestritten zu haben. Ich hatte mich wieder in die Ausgangsposition drehen lassen und damit aus der Schusslinie gebracht, ich saß nun, abgewendeten Gesichtes, wie gesagt werden muss, und sah den Seilkapp nur undeutlich aus den Augenwinkeln.

Da sprach die Verlagserbin: Wir empfinden es als nichts anderes, als eine Unerträglichkeit, dass dieser Mensch (und sie zeigte mit ihren fleischigen weißen Armen, die aus ihrem schwarzen Umhang wie elfenbeinerne Stoßzähne herausragten, auf den armen Sünder Seilkapp), einen Menschen, den wir solange verehrt, gehegt, ja auch gepäppelt, wenn nicht gar geliebt haben, oh ja geliebt haben wir das hoffnungsvolle Talent, mein verstorbener Mann wie auch ich, und dem wir seine Lyrik, wiewohl es uns schwerfiel, abgenommen und geglaubt haben, mit der er uns die ganze Welt, vor allem die Welt der Lyrik öffnen wollte, und von dem wir dann aber bald erkennen mussten, dass er nur eine miserable Kunst macht, dass er einen fürchterlichen Dilettantismus betrieben hat, und der selbst, nachdem er uns ununterbrochen vom höchsten und allerhöchsten Anspruch gesprochen und uns auf diesen Anspruch gelenkt hat, nunmehr nur das Wertloseste und Abstoßendste mit seinen Manuskripten geliefert hat, so dass ich jetzt, nachdem wir in derart schamloser Weise hintergangen wurden – glücklicherweise hat mein geliebter Mann, der ihn wie einen Vater geliebt hat, diesen Absturz nicht mehr miterlebt, und er wäre sowieso, wenn nicht an seinen körperlichen Gebrechen, zumindest an dieser Enttäuschung elendiglich zerbrochen – nachdem er mich also, auch in Stellvertretung meines Mannes, so infam hintergangen hat, dieser Dichter da, bin ich einfach nur angewidert und nicht eine Gedichtzeile dieses Typs mehr zu lesen imstande. Es ist entsetzlich, dass dieser Mensch jetzt unter uns sitzt und über andere Kollegen, die ihn turmhoch überragen, wie unser verehrter Ephraim Weichling, herzieht in der frechsten und schamlosesten Weise... und der jetzt bei einem... bei einem... sagt man Verlag dazu?... bei einem ... das von uns Verschmähte anbietet...

Die Verlagserbin keuchte, ächzte, schnaufte in echter, wahrscheinlich aber auch in gespielter Empörung und, als hätte sie ihre Anklagerede völlig erschöpft, nahm sie neben dem Erfolgsautor Platz. Schwätzing nickte zustimmend, legte beruhigend seinen Arm um ihre Schulter, wobei er näher heranrücken musste, ergriff teilnahmsvoll ihre Hand... ein schönes, ein trautes Bild. Plötzlich erhob sie sich, löste behutsam Schwätzings Arm von ihrer Schulter und verließ den Raum. Warum? Wir wussten es nicht. Musste sie die Toilette aufsuchen oder mit irgendeinem am Telefon reden, von dem wir nichts wissen sollten? Wir würden es nicht erfahren.

Kaum hatte sich die Tür hinter ihr geschlossen, da sprang Ruben Seilkapp, der soeben noch Geschmähte, auf, fuchtelte mit seinen Händen herum und schrie:

Sie! Oh sie, die Unverehrteste, sie schwingt sich hier auf und richtet über einen wie mich - dass Sie sich nicht schämt. In die Erde sollte sie versinken. Sie, die vor nicht langer Zeit im kroatischen Split noch gepanschten Rotwein verkaufte, wo billige Reiseprospekte die einzige Literatur war, die sie kannte und die sie gelesen hat; ha, eine Drittklassige urteilt über einen Erstklassigen, ha, notfalls könnte sie dies nur bei Weinsorten: Drittklassiges von Erstklassigem unterscheiden, niemals aber bei Literatur; und, um dies hier noch einzufügen, nicht einmal singen kann sie richtig, ich möchte sie einmal mal Puccini singen hören, der arme Puccini, der sich nicht mehr wehren kann. Wie damals in der Scala, aber diesmal sollte sie ohne Verstärker, ohne die Singstimme untermalende Violinen und ohne die verklärten Augen des eroberten und ach so verliebten alten Mannes... nein, nein, verehrte Herrschaften, liebe Freunde, wandte sich Seilkapp an die anwesenden und ihn anstarrenden Festgäste... Er hob Ruhe gebietend die Hände, ich werde Ihnen jetzt, besonders weil viele Dichter und Autoren unter uns sind, ein modernes Märchen erzählen, ja ein Märchen, ha, ha - denn Sie wissen, Märchen sind immer noch der Ursprung aller Dichtung, oh ja ein Märchen will ich erzählen, von einer bösen Königin und Stiefmutter, von einer Heiratsschwindlerin will ich ihnen allen erzählen, von einer schurkischen Dame, die sich mit den miesesten Tricks, mit Tricks, die so alt wie das Menschengeschlecht sind, in den Besitz eines Königreiches setzte und welche in diesem Königreich von da ab täglich vor ihrer schwarzlockigen Pelzkappe hockte, sich von einer Zauberkappe, welche sie von einem durchziehenden persischen Ayatollah geschenkt bekommen haben soll, raten ließ, in die sie hinein wisperte und murmelte, von jener Lady McBeth der Literatur will ich reden, die regierte und intrigierte, aburteilte und begnadigte, hinrichten ließ und welche die abgeschlagenen Autorenköpfe wie andere Leute die bunten Knöpfe sammelte - dieses grausame Märchen, liebe Freunde, will ich Ihnen jetzt also erzählen. Und, wer weiß, vielleicht wird dereinst sogar ein Langgedicht daraus oder ein Versepos wie das Nibelungenlied...

Bei dem Wort „Nibelungenlied" war der Erfolgsautor zusammengezuckt, denn er dachte an eine Anspielung. Aber er schwieg, wurde nur eine Spur blasser. Seilkapp indes, der auf einen Stuhl gestiegen war, um von allen gehört, vor allem aber gesehen zu werden, Ruben Seilkapp, der Dichter, hub zu folgender Rede an:

Vor nicht langer Zeit, als es ein Verlag noch wie ein Königreich regiert wurde, residierte im fernen Frankenfurt ein solcher König, den man den Unangefochtenen nannte...

Auf einmal aber durchfuhr den Seilkapp eine neue, und wie wir hören und auch sehen sollten, eine völlig andere Idee. Er brach das kaum begonnene Märchenerzählen ab, es schien ihm auf einmal ungeeignet und weder wichtig noch passend, er fasste sich an den Kopf, wie wir es mehr oder weniger alle tun, wenn uns ein jäher Gedanke heimsucht und plötzlich, ohne irgendeine Überleitung wechselte er, wie man sagt die Erzählspur und sprach, für alle Zuhörer vollkommen überraschend über ein gänzlich anderes Thema, welches, das will ich vorweg nehmen, möglicherweise fesselnder als das in Aussicht genommene Märchen und sehr persönlich gewesen ist...

Ich hatte meinen neuen Lyrikband, sprach also der Seilkapp, nach dem Rauswurf aus dem Sauerbier-Verlag, völlig überarbeitet, ganze Seiten, mehrere Gedichte hatte ich ganz und gar umgearbeitet, fast ein Drittel hatte ich weggeworfen. Es schien mir jetzt auf einmal ungeeignet. In diesem Zustand übergab ich es dem neuen Verlag im

Norden- er hieß „Der Neue Hüttenseh-Verlag"-, doch dann, als die ersten Fahnen ausgedruckt waren, es waren immerhin ein paar Wochen vergangen, befand ich mich auf einer Reise an die adriatische Küste, nach Split, um genauer zu sein, ich wollte eine ferne Verwandte besuchen, die sich seit ein paar Jahren dort niedergelassen hatte, um in der Milde und stillen Schönheit der kroatischen Küste, wie weiland der römische Kaiser Diokletian, ihren Lebensabend zu genießen und mit ihrer stattlichen deutschen Rente ein gediegenes, bürgerliches Leben zu führen, Rotwein zu trinken, gegrillten Fisch zu essen und all die Bücher zu lesen, die sie während der letzten Jahre hatte lesen wollen. Ich kam im späten Herbst in Split an, wo das Klima immer noch dem unsrigen vom September gleicht, und meine Verwandte quartierte mich in einer Pension direkt am Hafen ein. Ich traf mich mit ihr, wir saßen nächtelang auf den kleinen mit Weinlaub überdachten Terrassen; es war mild und es regnete kaum. Ich spazierte wochenlang durch die romantische Altstadt von Split und las in irgendeinem Café die Fahnen, die mir mein neuer Verlag nachgeschickt hatte. Ich gebe zu, ein paar Mal kam ich auf den Gedanken, nach den Spuren der Gattin meines alten Verlegers, unserer verehrten heutigen Gastgeberin, Frau Olga Brokovic, zu suchen, von der ich wusste, dass sie hier in Split gelebt hätte, ich wollte sozusagen auf ihren, wie es modern heißt, „tracks" wandeln, aber dann fanden sich diese Spuren nicht – sie waren „vom Winde verweht" - und so gab ich nach zwei oder drei zaghaften Versuchen meine Suche auf.

Eines Abends waren wir, meine ferne Verwandte und ich, in ein österreichisches Restaurant gegangen. Sie war in Wahrheit die Nichte meines ersten Vaters, das heißt meines leiblichen, den ich im Leben nie gekannt hatte.

Im Übrigen, das vergaß ich zu erwähnen, hieß sie Murmelperler, Andrea Agatha Luise Murmelperler, und sie war damals etwa drei- oder vierundsechzig Jahre alt. Im *„Kaiserin Sissy"*, so hieß das Restaurant, es lag im alten Stadtzentrum - zum Diokletian-Palast waren es nur ein paar Schritte - in diesem ein wenig heruntergekommenen Etablissement, was in seinem verschlissenen und schäbigen Zustand aber durchaus diversen Wiener Kneipen ähnelte, also für etwas echt Österreichisches gelten konnte; hier bestellte ich, kaum hatte ich es auf der Karte entdeckt, echten Linzer Tafelspitz. Immer bestelle ich, wenn ich mich in österreichischen Lokalitäten befinde, Linzer Tafelspitz. Der Linzer Tafelspitz ist unter den österreichischen Tafelspitzen wie der sächsische Sauerbraten neben dem sauerländischen. Allein die Meerrettichsoße ist eine Köstlichkeit ohnegleichen, auch das Fleisch ist ein Rindfleisch von ausgesuchtester Qualität. Es zergeht auf der Zunge, während der Wiener Tafelspitz zum Beispiel dazu führt, dass man die Fleischfasern zwischen den Zähnen hat und man eine Handvoll Zahnstocher braucht, um sie zu entfernen. Einmal ist mir ein hölzerner Wiener Zehnstocher abgebrochen und mir ist das Hölzchen zwischen dem ersten und dem zweiten Schneidezahn stecken geblieben. Also benötigte ich die Essensgabel, um das störende Teil zu entfernen. Eine Lebensgefährliche Operation, die in einem Wiener Nobelrestaurant noch gefährlicher aussieht und zu Getuschel unter den Gästen geführt hat. Da ich Tafelspitz besonders verehre, denn im Gegenteil, natürlich habe ich noch ganz andere Lieblingsgerichte, muss es in österreichischen Kneipen immer Tafelspitz sein, besonders eben der Linzer, das gehört sich, meiner Meinung nach unbedingt - so wie ich in Thüringen immer grobe Bratwurst mit Sauerkraut, in München ein Paar Weißwürste mit Brezen oder in Heiligenhafen Kabeljau in Senfsoße bestelle. Nun zurück in das „Sissy". Dort geschah etwas Seltsames. Kaum hatte ich den Tafelspitz bestellt, als meine Verwandte sich ebenfalls Tafelspitz bestellte. Noch vor Tagen hatte sie voller Abscheu von der österreichischen Küche berichtet, dass sie von dem österreichischen Fraas, namentlich diesem gekochten Rindfleisch, keinen Bissen herunterbrächte und dass sie deshalb niemals nach Wien führe, um dort nicht in einem Café oder einem Restaurant mit anderen österreichischen kulinarischen Provokationen wie etwa Kaiserschmarren oder Palatschinken konfrontiert zu werden. Trotzdem, bei der „Sissy" bestellte sie nun gerade einen Tafelspitz. Doch während ich noch mein echt österreichisches Grinzinger Mineralwasser probiere, trinkt die Murmelperler einen Schoppen Muskateller zum Tafelspitz. Einen Muskateller zum Tafelspitz! Das ist wie Cola zum Rehbraten. Der Tafelspitz war gut, vielleicht der beste Tafelspitz, den man in Kroatien kriegen könne, dachte ich. Er ähnelte dem Linzer. Die Murmelperler also aß ihren Tafelspitz ziemlich langsam, in der Zeit hätte ein ausgehungerter Wiener Kanzlist wahrscheinlich zwei oder drei Tafelspitze verschlungen. Ich selbst esse grundsätzlich langsam, ich tue das der Verdauung und der Bekömmlichkeit wegen und weil man dabei seine Geschmacksnerven voll zur Tätigkeit bringen und selbst die kleinste Geschmacksnuance herausschmecken kann. Wie ich nun jetzt meinen Tafelspitz aß, dachte ich, dass ich meinen Tafelspitz höchstwahrscheinlich noch langsamer esse, als die Murmelperler, meine ferne Verwandte, aber, selbst, wenn ich meinen Tafelspitz ganz und gar langsam esse, überlegte ich, und zwischen den einzelnen Gabeleinschüben Pausen von ein paar Minuten einlege, so isst ihn die Murmelperler noch ein paar Takte langsamer. Sie überholt mich sozusagen von hinten her. So fing ich, die Bissen im Munde verweilen lassend, ein Gespräch mit meiner fernen Verwandten an. Ich sagte ihr, dass ich ihr im Grunde so unendlich viel verdanke. Sie wüsste ja, nach dem plötzlichen Tod meiner Mutter hätte ich auf einmal ganz alleine dagestanden. Ich hätte damals niemanden belästigen wollen, mit meiner Trauer. Zwar kannte ich viele Leute, aber um Rat oder gar um Hilfe wollte ich keinen von denen bitten. Ein halbes Jahr geisterte ich allein durch die Welt, immer in Furcht von Jemandem angesprochen zu werden. Man kenne ja die furchtbaren Fragen nach dem Tod naher Verwandter. Man kann ihnen nicht ausweichen, wenn man sich mit einem Bekannten oder Verwandten einlässt. Alle wollen sie die Todesgeschichte hören. Wie es zugegangen wäre im Einzelnen, fragen sie, was die letzten Worte der Mutter gewesen, wie ihr letzter Schnaufer sich angehört hätte, wie sie ausgesehen hätte, die Sterbende, in der Stunde ihres Todes, ob ihre Hautfarbe dieses fahle Gelb oder doch eher das Steingrau gehabt hätte, ob ihr Mund gleich eingefallen, der Unterkiefer auf die Brust gesunken wäre, ob man ihn mit einem Tuch hätte hochbinden müssen, in welchem Winkel ihre Augen gebrochen wären, ob sie sie geschlossen gehalten hätte oder ob ich sie hätte zudrücken müssen und ob ihre Hände sich in das Bettlaken gekrallt hätten, ob es stimme, dass die Fingernägel und Haare weiter wüchsen nach dem Tode und dass man diesem Wachsen zuschauen könne... und ob sie denn noch sehr hätte leiden müssen, die arme Mutter, ob sie bis zuletzt Schmerzmittel bekommen hätte... und es sei doch tatsächlich heutzutage besser einem Sterbenden ein Mittel zu verabreichen, das ihn schmerzfrei einschlafen ließe... und dann hätten diese Leute noch von einem Hospiz in der Schweiz gesprochen, wo sie gehört hätten, dass man die Sterbenden ganz sanft und bei Mozartscher

Musik hinüber in das Reich des Todes geleite... und ob dies nicht auch etwas für meine Mutter gewesen wäre.

Vor diesen Fragen und Gesprächen hatte ich Angst, vor allem deshalb, weil ich keine der Fragen hätte richtig beantworten können, denn meine Mutter war überraschend schnell innerhalb von ein paar Minuten gestorben. Beinahe hatte ich mich geschämt, nichts zu den Einzelheiten und Momenten des Todes meiner Mutter beitragen zu können... ich kam mir vor wie ein Schüler, der im Unterricht nicht aufgepasst hat. Und deshalb wollte ich mit keinem Menschen sprechen.

Wie erleichternd sei es daher für mich gewesen, sprach ich zu ihr, sprach über den Tafelspitz hinweg, dass sie, die liebe ferne Tante Murmelperler, nichts dergleichen frug, sondern mich durch ihre tätige Hilfe bei der Bewältigung des einfachen Alltages tröstete. Auch besäße sie, die Tante Murmelperler, meine ferne Verwandte, die angenehme Eigenschaft zuhören zu können. Man könne ihr sagen, was man wolle, sie höre zu, sie stellte keine Zwischenfragen. Zwischenfragen hätten mich immer, wenn ich etwas redete, durcheinander gebracht. Auch bei Lesungen meiner Werke. Deshalb ließe ich auch keine Zwischenfragen zu. Ich müsse meinen Faden ohne Störungen abspulen können, sonst werde es nichts...

Wir aßen im „Kaiserin Sissy" unseren Tafelspitz in gegenseitig gebührender und rücksichtsvoller Langsamkeit, tranken die Getränke, aßen dann noch jeder einen Strudel, auch den bedächtig und gehörige Pausen zwischen dem Löffeln machend, bis die Tante auf einmal von meiner Literatur anfing...